Nueva Königsberg

Du même auteur

La petite cloche au son grêle
Philippe Rey, 2008

Paul Vacca

Nueva Königsberg

roman

Philippe Rey

15, rue de la Banque - 75002 Paris

www.philippe-rey.fr

À Jean-Baptiste Botul, in memoriam.

À Allan Stewart Königsberg, inévitable.

À Laurence, inaltérable.

Le livre est un organisme vivant qui engendre son semblable, d'autres livres – sous la forme de commentaires vivaces ou d'interprétations proliférantes.

Jean-Baptiste Botul

Avertissement au lecteur

L'histoire que vous vous apprêtez à lire n'est que « vésanie », « raison déraisonnante », à savoir « fiction ». Donc, toute ressemblance avec des personnages et faits existants, etc.

Toute ? Pas tout à fait. Car pour raconter cette histoire, nous nous sommes inspirés d'un épisode de la vie du philosophe Jean-Baptiste Botul (1896-1947), dont les huit causeries que nous évoquons au cours du récit reprennent scrupuleusement la trame de celles prononcées à Nueva Königsberg, au Paraguay, en 1946.

Aussi, nous encourageons vivement le lecteur à se plonger dans le texte original de ces causeries, consigné dans *La vie sexuelle d'Emmanuel Kant* (Jean-Baptiste Botul, Mille et Une Nuits, 2000) où le génie du philosophe s'exprime dans sa toute sa puissance originelle.

En outre, il pourra lire avec profit une préface signée Frédéric Pagès, qui apporte des éclairages sur la genèse du texte et sur l'étonnante expédition philosophique dont il est question ici, ainsi que quelques jalons biographiques.

Prologue

Effroyable odyssée – Souvenir d'une fidèle inimitié – Divan laconique – Pourquoi pas le Paraguay ? – Caméléon transatlantique

Alors que les bombes soviétiques éventraient Königsberg, ils surent qu'il fallait partir.

Au milieu du fracas, ils montèrent avec femmes et enfants sur leurs embarcations appareillées, n'emportant que le strict nécessaire, et laissant derrière eux situations, richesses, patrimoines, pensions de retraite, bons du Trésor et emprunts russes.

Mais pas les œuvres de Kant : le bibliothécaire avait sauvé des bombes tous les livres qui avaient appartenu au philosophe.

Ce fut une odyssée effroyable et rocambolesque.

Ballottés par des vents contraires, ils endurèrent tous les supplices. Une mise à l'épreuve sans pareille.

Chemin faisant, ils embarquèrent des cousins de nationalité française, espagnole, lusitanienne, italienne, qui tous partageaient cette envie d'un nouveau départ sous la houlette du grand Immanuel.

Un certain nombre ne termina pas le voyage. Certains cédèrent aux sirènes des rivages enchantés ou des îles mystérieuses ; d'autres, par familles entières, furent décimés par la dysenterie ou les fièvres tropicales.

Les familles Braun, Schneider, Bosch et Porsche périrent en route ; elles furent passées par-dessus bord. Les survivants, eux, ne purent s'empêcher d'y lire la confirmation du bien-fondé moral de leur exode.

Enfin, les navires caressèrent les côtes de l'Amérique du Sud.

Ils accostèrent près de Rio de Janeiro, se dispersèrent sur des barques pour s'enfoncer dans le continent.

Lorsqu'ils virent l'endroit, ils surent que c'était là. Loin de la furie fracassante de la guerre, loin des méfaits de la civilisation perfectionnée, loin des illusions de l'idéalisme et des ravages du matérialisme, loin du dogmatisme et du scepticisme, ils décidèrent d'édifier leur nouvelle Königsberg.

Nueva Königsberg.

*

Nueva Königsberg, 18e jour de l'an II

Très cher ennemi,

Je ne le sais que trop, vieille canaille : nous n'avons jamais été d'accord sur rien. Tout nous a toujours séparés : les idées, les femmes et le reste.

La guerre s'en est mêlée, elle aussi, dressant le Rhin entre nous et mettant fin à la fureur de nos joutes oratoires, à nos empoignades épistémologiques, à nos insultes apodictiques.

Aujourd'hui, je t'écris d'un ailleurs, de l'autre hémisphère. Je suis en passe de réussir le défi que je m'étais fixé. Encore un défi auquel tu n'aurais pas cru, de toute façon.

Oui, nous vivons ici, avec une poignée de fidèles, au Paraguay, dans un endroit que nous avons fondé selon nos vœux et baptisé Nueva Königsberg, laissant la vieille Europe à ses turpitudes.

Nous avons pensé à tout.

Enfin, à presque tout…

L'offensive soviétique en 1944 a quelque peu précipité nos plans et il reste un point pour lequel nous n'avons pas encore trouvé de réponse satisfaisante.

Crois-moi, je me serais bien gardé de te raconter tout cela…

Mais, malgré tous nos désaccords, c'est bien à toi que je pense, vieil étron. Et si je t'écris, ce n'est pas pour prendre de tes nouvelles – je me contrefiche de ce qui peut t'arriver –, c'est juste que j'ai besoin de toi.

Pour être franc, et quoiqu'il m'en coûte un os de l'affirmer, tu es à mon sens le seul capable de résoudre notre problème.

Je t'en prie, rejoins-moi ici au nom de notre fidèle et indéfectible inimitié. Je sais pouvoir compter sur toi car ma vieille expérience de l'humain me fait penser que la détestation a quelque chose de bien supérieur à l'amitié – et bien sûr à l'amour : elle dure !

Allez, ramène vite tes miches : j'ai idée que je n'en ai plus pour longtemps à répandre mon fiel sur toi…

Celui qui, envers et contre tout, n'a toujours eu à ton encontre que de détestables sentiments,

Friedrich Bouginski

PS : Je te joins un plan. L'un des nôtres t'attendra tous les jours à l'arrivée du vapeur au petit port de Quantanamella. Je laisse à ta sagacité le soin de le reconnaître…

*

De ces vilaines pattes de mouches sur le papier parcheminé montèrent comme des volutes mentholées, les souvenirs du temps béni des joutes infernales qui l'opposaient à cette brêle de Bouginski.

Ah ! Qu'elle lui semblait lointaine, cette époque où l'on savait encore s'injurier !

Aujourd'hui, qui pratiquait encore l'art noble de la *disputatio* ?

Quel était donc ce problème que lui demandait de résoudre Bouginski ? Il eut beau lire et relire la page, en explorer le filigrane, soumettre le texte à des opérations anagrammatiques, la lettre ne rendait pas d'indice. Il testa même les procédés herméneutiques de la Kabbale, mais *Notarikon*, *Gematria* et *Temura* ne lui livrèrent que des notions totalement absurdes. On aurait dit une fiche de cruciverbiste en rut.

Botul dut reconnaître que ce satané Friedrich n'avait pas perdu la main : il savait encore comment l'appâter. Il avait manœuvré à merveille, sachant que Botul était incapable de résister à la tentation dès lors que le moindre défi, la moindre énigme passaient à sa portée.

La curiosité mêlée à l'envie d'échapper aux miasmes de la pensée sorbonnarde qu'il subissait à Paris, agit sur Botul comme un prurit.

Mais comment financer un tel voyage ? Car la philosophie en général – du moins, en cette époque d'immédiat après-guerre –, et le botulisme en particulier, ne nourrissaient pas son homme.

Oui, comment faire ?

Il en était là dans ses pensées, lorsque l'on frappa à la porte.

Encore un patient, certainement.

Pour arrondir ses fins de mois, Botul recevait sur un divan prêté par Madame Roubion, de l'étage du dessus.

Comme tout ce qu'il faisait, il le faisait *more botulo*, c'est-à-dire à sa manière, inimitable. Pour l'analyse, il avait posé comme principe de ne rien dire. Jamais. Seul le patient parlait. Botul se contentait en fin de séance, généralement courte, de tendre la main pour recueillir ses honoraires. Une pratique à laquelle on donna l'appellation d'*école laconienne* ou *laconisme*.

*

Un jeune homme fit son entrée, portant une ample veste à carreaux, la mine triste, les cheveux en bataille, un pantalon court et un parapluie sous le bras alors qu'il faisait un temps splendide.

Un zazou mélancolique, pensa Botul.

Le jeune homme parlait de façon erratique. Il s'appelait Sébastien Marot et venait de la part de sa mère, Lucette Marot, née Pinjon.

Pinjon. Lucette Pinjon. Ce nom agit comme un sésame, plongeant instantanément Botul dans le flouté d'un *flash-back* en noir et blanc. Il revit une chevelure bouclée, un corps doux comme la soie, des nuits sans fin à discuter, fumer, boire et s'aimer. Le retour en arrière cessa brutalement car l'indomptable égérie était partie un jour sans laisser de trace.

Pendant ce temps-là, Sébastien, volubile et nerveux, partit dans une longue tirade où il était question de Dieu sait quoi, et qui importait peu puisque le philosophe ne l'écoutait pas.

Cette fois-ci, Botul fit une entorse au dogme laconique. Profitant du fait que le jeune homme s'était tu pour se moucher, il glissa :

– Le Paraguay.

Sébastien pensa avoir été victime d'une illusion. Il s'étira, ouvrant large les yeux.

– Le Paraguay, vous dis-je.
– Vous croyez ? Mais pourquoi le Paraguay ?
– Et pourquoi pas le Paraguay ?

*

Grâce à l'arrivée de ce jeune zazou des beaux quartiers de la rive gauche, Botul avait trouvé du même coup un assistant et un mécène. Et c'est ainsi que les deux hommes embarquèrent le lendemain, à bord du *Queen Victoria*, pour Nueva Königsberg *via* Rio de Janeiro.

Sébastien durant toute la traversée ne fut pas en état de quitter sa cabine, la tête au fond du seau, alors que Botul, le jarret alerte, promenait son sourire énigmatique sur le pont et les coursives du transatlantique.

Certains prétendent qu'il aurait remplacé au pied levé un danseur de la troupe de music-hall resté à quai. Sans barguigner, il aurait enfilé frac, chapeau haut de forme et souliers vernis à claquettes pour se fondre à la troupe sur des rythmes de tango, paso doble, fandango, chameleon dance, mambo et cha-cha-cha…

D'autres ont paraît-il réussi à produire des clichés où il apparaît arborant *cosmopolitan* et *churchill* bagué au bras de Peggy Guggenheim et d'autres douairières ; mais sans que l'on puisse dire s'il s'agissait vraiment de lui.

D'autres encore racontent qu'il ne détestait pas descendre dans les vapeurs et le vacarme des cales du paquebot pour tenir compagnie aux machinos au nez cassé, en marinières et casquettes, qui activaient leurs muscles huileux et noueux dans la salle des machines.

I

Chimpanzé en smoking – Mon nom est Botul, Jean-Baptiste Botul – Énigmatique Chose – Mâtin, quelle mission ! – Chef-d'œuvre d'illisibilité

L'homme passait autant inaperçu qu'un chimpanzé en smoking sur une chaire du Collège de France.

Il se tenait devant une carriole, portait gilet, chemise à jabot, perruque blanche à bourses et souliers à talonnettes en tissu. S'il n'avait pas éternué à ce moment-là, on aurait pu le prendre pour une statue de Sans-Souci.

Le steamer accosta. Les voyageurs descendirent de la passerelle tandis que l'homme les scrutait.

Botul eut un petit sourire entendu.

– C'est lui, dit-il à Sébastien qui lui emboîta le pas, portant les bagages.

Le philosophe s'approcha du cocher.

– Mon nom est Botul, Jean-Baptiste Botul.

Le visage de l'homme s'épanouit dans un large sourire.

– Enchanté, *Herr Professor*. Avez-vous fait bon voyage ?

Lorsqu'il aperçut le visage couleur jaunisse de Sébastien, il s'abstint de lui poser la même question et leur fit signe de prendre place.

Sébastien fronça les sourcils. Qu'allait-il faire dans cette charrette ? Et à quoi rimait ce déguisement ? Mais il rejoignit docilement son maître.

L'homme lança ses chevaux.

Sur le trajet, il siffla une comptine sans âge, semblant ignorer la traction avant noire qui le doubla dans une queue de poisson rageuse, ainsi que le biplan qui toussotait dans le ciel.

Plus loin, le véhicule quitta la route et s'enfonça dans un chemin cahoteux bordé de hautes herbes, puis dans une jungle touffue aux allures de train fantôme. Les frondaisons de la forêt tropicale ne laissaient filtrer aucune lumière. Des lianes – à moins que ce ne fussent des serpents – fouettaient le visage de Sébastien. Dans la pénombre, il croisa le regard fou de quelques singes. Les roues de la carriole réveillaient les crocodiles des marais et les iguanes dans les nids-de-poule boueux.

Sébastien s'agrippait. Il aurait bien demandé à Botul où ils allaient. Mais il préférait pour l'instant éviter de passer par-dessus bord. Il eut la désagréable impression que son cauchemar n'était pas terminé.

*

Soudain le ciel se dégagea au-dessus de la tête de Sébastien. Et face à lui, il retrouva la civilisation.

– Bienvenue à Nueva Königsberg !

De lourdes grilles s'ouvrirent et ils pénétrèrent sur une place pavée.

Botul eut un choc. Non, ce n'était pas un mirage. Il avait bien devant les yeux l'exacte réplique d'une gravure de Königsberg *circa* 1771.

C'était donc ça, le projet de Bouginski ? Recréer à l'identique la Königsberg de Kant…

Botul était fasciné.

Les hommes coupaient du bois, cultivaient leur jardin ou travaillaient aux champs, maniant la herse et la faux avec application. D'autres conversaient livre à la main, l'air pénétré. Tous étaient habillés comme le cocher, c'est-à-dire *à la Kant*.

… et vivre *comme lui* !

Les femmes au teint d'albâtre sous leur coiffe, portant des jupes amples et des sabots, s'activaient au lavoir, cousaient ou épluchaient des légumes.

Le soleil qui rougissait à l'horizon donnait une nuance sépia aux petites maisons à colombages et faisait scintiller la fontaine. Tout était propre, tiré au cordeau, harmonieux.

Sébastien descendit avec réticence de la carriole. À peine posa-t-il son pied sur le sol qu'il sentit monter un dense vertige.

Il courut en hoquetant et s'assit avec précipitation sur une pierre.

Il se trouva que ce fut au pied d'une statue.

Lorsqu'il leva la tête, il croisa le regard de bronze du philosophe allemand qui levait un petit doigt réprobateur.

De nouveau des hoquets le secouèrent.

*

Pendant que Sébastien était en train de reprendre ses esprits, il faut peut-être s'accorder le temps d'expliquer la raison de ce malaise. Bien sûr, il y avait eu le voyage en transatlantique, puis le trajet plein de soubresauts en carriole.

Mais cela n'expliquait pas tout.

Sébastien ne supportait pas la vue de l'ordre.

Finalement, les années passées à Paris sous l'Occupation, avec la menace permanente des bombes, le lot quotidien de mauvaises nouvelles, les couvre-feux, les rafles, avaient été heureuses pour lui.

À la Libération, il tomba en dépression. Toute cette béatitude soudaine, ces hourras, cette fête, ce bonheur qui resplendissait sur les visages, cette allégresse chez tous ceux qui s'étaient tirés de cette boucherie lui devinrent proprement insupportables.

Il ne put même pas se réjouir des dérapages consécutifs à la Libération, les exécutions, les femmes rasées, les délations. Il était un zazou et détestait toute forme de collaboration.

Il avait fini par comprendre que le désordre et le malheur ambiants étaient une drogue dont il avait besoin.

*

Botul et Sébastien furent reçus par les membres de la communauté avec équanimité. Ce mot ne figure pas là dans l'intention de faire rutiler le vocabulaire ; il se trouve qu'il est adéquat.

Dès les premiers échanges, Sébastien avait pu remarquer que tous lui parlaient *d'une voix égale.*

On invita les deux hommes à s'installcr. Sébastien pénétra dans la maisonnette et se sentit aussitôt pris au piège, aspiré par les fuyantes horizontales d'une pièce basse de plafond. Lambrissée de bois blanc à mi-hauteur, elle contenait une série de gravures accrochées sur une seule rangée, et des fougères alignées sagement dans leur jardinière devant la fenêtre à croisillons. Au plafond, les poutres apparentes laquées de blanc parachevaient ce sentiment d'écrasement.

Le mobilier savait se faire discret, en bois clair, sur un parquet de bois brut. Les chaises étaient tapissées de blanc ; sur les guéridons, des napperons en jute.

Le coin salon se composait de deux bergères se faisant face, encadrant un sobre sofa, le tout recouvert de cotonnade à rayures jaune clair. Dans le coin, un poêle en faïence couleur céladon.

Parfaitement à sa place dans ce cadre à l'austérité doucereuse, une horloge comtoise égrainait des secondes interminables.

Sébastien découvrirait un peu plus tard que toutes les maisons possédaient le même mobilier et jusqu'aux mêmes gravures encadrées aux murs.

Chacun gagna sa chambre aux murs safran et à la sobriété monacale : un lit, une table de chevet – avec *La Critique de la raison pure* dans le tiroir (et dans le texte) – et un pot de chambre en faïence. Sur leur lit respectif, ils trouvèrent un mot de bienvenue et des habits. C'est bien ce qu'avait craint Sébastien ; il allait devoir se déguiser à la mode locale. Il eut un sursaut d'orgueil et tenta de refuser.

Mais Botul prit le temps de le convaincre.

Le gilet, la chemise à dentelles et le pantalon seyaient à merveille au philosophe tandis que Sébastien s'énervait contre cette veste cintrée dans laquelle il peinait à entrer. Les souliers à bascule étaient très inconfortables.

Botul avait déjà enfilé sa perruque à bourses.

– La perruque aussi ? gémit Sébastien.

Le regard de Botul ne lui laissa pas le choix.

*

Quelque part au Paraguay,
premier jour

Ma Pauline chérie,

J'espère que tu te demandes où je suis. Oui, désolé, je suis parti sans te prévenir.

J'ai retrouvé une lettre de maman où elle m'écrivait que je devais aller voir un certain Monsieur Botul. Qu'il pouvait m'apprendre quelque chose sur qui je suis.

J'y suis allé et me suis étendu sur le canapé.

Il m'a dit : « Paraguay ».

J'ai répondu : « OK ! »

À l'évocation de ce nom, je me suis imaginé voyager en pirogue, croiser une tribu indienne, piller des temples incas, entrer en transe avec des chamanes et des sorciers, ressusciter une civilisation perdue, poursuivre des trafiquants d'armes ou m'évader avec des feuilles de cocaïne…

Idéal pour t'oublier…

Mais ce n'est pas tout à fait ça. Le voyage a été horrible. La tête me tourne encore. Et enfin je suis arrivé…

Je suis obligé de te laisser, on vient me chercher…

Je te raconterai dans une prochaine lettre.

Je t'embrasse,

Sébastien

*

En effet, on avait frappé à la porte. Il faisait nuit noire. Sébastien alla ouvrir en traînant ses souliers à talonnettes.

Des visages inquiets le scrutèrent comme des masques de cire tremblotant sous la lueur des flambeaux.

Malgré toute leur politesse, on sentait une certaine fébrilité, une urgence que l'on voulait cacher.

– Pourriez-vous venir, s'il vous plaît ?

Ils traversèrent le village torche à la main, sous les regards des habitants, puis arrivèrent devant une petite maison.

Dans une chambre à coucher, gisait un vieillard, les traits tirés sous la flamme d'une bougie vacillante, émettant des sifflements lugubres.

Un rictus anima le masque de Bouginski quand il aperçut son visiteur.

– Bonsoir, vieille canaille, lui répondit Botul.

Le moribond émit quelques borborygmes, si faibles que son visiteur dut se pencher pour recueillir le mince filet de voix qui s'échappait péniblement de ses lèvres craquelées.

L'homme, malgré le peu de forces qui lui restaient, montra d'énergiques signes d'impatience.

– Une seule chose ? répéta Botul.

Le vieillard approuva en hochant la tête avec des craquements.

– La chose…, répétait Botul, incertain. *La chose en soi* ?

Bouginski se crispa, ses veines enflèrent sous sa peau parcheminée, ses dents grincèrent.

Tout à coup, son bras décharné se déplia et s'agrippa au pantalon de Sébastien, saisissant à pleine main ses bijoux de famille.

– *Das Ding, la cosa*..., continua-t-il à souffler péniblement.

Le visage de Botul trahissait toujours la même incompréhension.

Le regard du vieillard s'alluma de colère, mais on y lisait aussi de la peur.

Allait-il partir sur l'autre rive sans être capable de se délester de sa mission sur cette crapule de Botul ?

Dans un ultime soubresaut, avec l'énergie du désespoir, il comprima encore plus fort les parties de Sébastien. Ce dernier émit un cri de douleur suraigu.

C'est alors que Botul eut une illumination.

Le vieillard aperçut l'éclair dans l'œil du philosophe : il sut que son cher ennemi avait enfin compris.

Il pouvait donc s'en aller tranquillement. Lâcher prise. Un soulagement se dessina sur son visage qui se défripa alors qu'il léguait à cette terre une flatulence d'adieu et que le drap se soulevait sous l'effet d'une ultime raideur virile.

Pour autant, sa main n'avait pas lâché les *choses* de Sébastien, qui souffrait le martyre. On s'employa à en détacher les doigts du vieillard, durs comme de l'acier.

Botul ne se souciait guère de cela, absorbé qu'il était par ce qu'il venait d'entrevoir.

Il ne put s'empêcher de sourire : cette vieille carne de Bouginski lui avait laissé, en quittant cette terre, un sacré cadeau. Un cadeau empoisonné, juste comme il les aimait.

Mâtin, quelle mission !

*

Oui, quelle mission !

Au départ Botul n'avait pas vu où Bouginski voulait le mener. La chose ? La chose en soi ? *So what ?* La belle affaire ! Pour un kantien, c'est d'un banal !

Puis son éternel ennemi l'avait épaté comme un joueur d'échecs : il eut une pensée émue et posthume pour le génie de l'acariâtre. Quel coup de maître : saisir les boules de Sébastien !

C'est seulement à ce moment-là que l'esprit de Botul s'était mis en branle.

De même qu'un paléontologiste peut déduire la forme du squelette entier d'un animal préhistorique d'après une simple phalange, Botul s'était révélé capable de déduire la nature de sa mission d'après le simple geste de Bouginski.

Une seule chose n'avait pas été résolue par rapport à la chose en soi, c'était la chose.

Traduit en d'autres termes, voilà ce que cela donnait :

Une seule *chose* (c'est-à-dire un seul *point*) n'avait pas été résolue par rapport à *la chose en soi* (c'est-à-dire par rapport au *kantisme*), c'était *la chose* (c'est-à-dire *le sexe, la bagatelle*...).

Botul en déduisit que les exilés, en se donnant pour règle de vivre comme Kant, avaient réussi à appliquer ce programme sur tous les points sauf un seul : la vie sexuelle.

N'importe qui – et en particulier un kantien patenté – aurait balayé l'argument d'un revers de main. Kant n'a jamais eu de rapports sexuels, il est mort vierge, sans se marier. Alors la réponse est simple et sans ambiguïté : *no sex*.

Mais pas Bouginski. Et c'est là encore qu'il s'était révélé génial. On était en droit de se demander pourquoi il avait été chercher Botul, qu'il détestait depuis si longtemps.

C'est que *précisément* il savait que seul Botul s'intéresserait à cette question. Et en effet ce dernier avait, en un éclair, saisi l'enjeu crucial du problème pour la communauté.

Qu'on en juge plutôt : soit il confirmerait la stricte chasteté de Kant et alors toute la communauté qui déciderait de s'imposer cette règle serait vouée *ipso facto* à la disparition par extinction naturelle ; soit il révélerait l'existence d'une vie sexuelle chez Kant, auquel cas il entacherait la légende dorée de leur Maître et briserait l'idéal. À quoi bon, dès lors, vivre comme lui ? C'est l'existence de la communauté et sa *raison d'être* qui disparaîtraient.

Bouginski savait Botul assez tordu pour s'intéresser à une pareille mission qui par tout autre aurait été jugée impossible. Car – faut-il le rappeler ? – Botul avait rencontré de nombreuses missions délicates ! Sans cesse, durant sa vie dédiée à la philosophie – surtout le concernant ne pas parler de « carrière » –, il avait eu à affronter des problématiques plus tarabiscotées les unes que les autres. Lui, l'inventeur de la *métaphysique du mou*, l'aventurier *tout terrain* de la pensée, qui avait rencontré Zapata, Pancho Villa, André Malraux, Jean Cocteau, avait conversé avec Landru, compris Nietzsche mieux que quiconque, avait été mandaté par le gouvernement français sur l'île de Clipperton, avait participé à la libération de l'Alsace…, les défis, il les attirait. Du reste, il n'y avait que le *hors-piste* qui l'intéressait. Il laissait volontiers aux autres les colifichets et les honneurs des Académies bien-pensantes.

Et puis, sur ce point, il rejoignait Kant. Le grand philosophe n'a-t-il pas dit quelque part : « *Ne rien accepter sans examen* », « *N'accepter aucune autorité quelle qu'elle soit* » et « *Regarder tout de ses propres yeux et examiner tout jusqu'au fond* » ?

Au poil près ce qu'il comptait entreprendre à Nueva Königsberg.

*

À l'aide d'un sécateur, que l'on mania toutefois avec une infinie délicatesse, on réussit finalement à libérer les burettes de Sébastien des griffes du vieillard. Lorsqu'il rejoignit Botul, celui-ci tournait en rond, en proie à une cogitation intense.

Sébastien crut un moment qu'il s'inquiétait pour lui. Rapidement, il comprit qu'il n'en était rien.

Le philosophe lui fit part de sa découverte.

– C'est quoi cette plaisanterie ? hurla Sébastien d'une voix flûtée, car, à la suite du traitement infligé par Bouginski, sa voix resta un instant perchée deux octaves et demie plus haut, retrouvant sa tonalité prépubère.

– Une plaisanterie des plus sérieuse.

Et Botul lui fit part de son intuition : il s'agissait là,

en dépit des apparences, d'un défi capital à la pensée. Oui, cette question offrait un point de vue inédit sur tout le système de pensée du philosophe de Königsberg, une manière d'escalade par la face nord – périlleuse, mais ô combien séminale ! – du vaste corpus kantien.

Et puis, il ne fallait pas désespérer Nueva Königsberg ! Ces braves gens avaient fui, au péril de leur vie, la barbarie qui s'abattait sur l'Europe pour venir établir ici leur idéal, un idéal suspendu à la seule question sexuelle.

– Cela ne mérite-t-il pas que l'on se penche sur cette problématique ?

Sébastien haussa les épaules.

– Admettons. Mais que comptez-vous leur dire en ce cas ?

Botul composa le plus beau sourire énigmatique de sa gamme, un chef-d'œuvre d'illisibilité.

– Ah, ah, vous verrez bien !

*

Si Botul s'amusait à jouer au sphinx avec Sébastien, c'est qu'à ce stade il n'avait diablement pas la moindre idée de ce qu'il allait dire aux membres de la communauté. De toute façon, il n'était pas de ceux qui acceptent les missions confortables, courues d'avance, avec des réponses préfabriquées.

Tout juste savait-il qu'il ne proposerait rien par écrit. Diantre, il n'était pas à la Sorbonne, ici ! Il n'était pas là pour rendre une thèse – une *fouthèse*, comme il se plaisait à les nommer !

Comme on le sait, Botul était un adepte de l'*oralité*. Il pensait, contrairement à ce que prétend la *doxa*, que les paroles restent et que les écrits volent. Parfaitement : *verba manent, scripta volent*.

Et comment ne pas lui donner raison sur ce point et ne pas reconnaître que les adages inscrits dans le marbre se trompent souvent : combien de livres oubliés pour des paroles qui traversent les siècles (« *Tu quoque, mi fili* », le mot de Cambronne, etc.).

Il se proposa donc de mener cette aventure comme un *work in progress* avec les membres de la communauté en leur délivrant des causeries au fil des jours.

II

Synthèses en tout genre – Ad nauseam –
To fuck or not to fuck ? – Mise en bouche :
Première Causerie – Contributions et
motions sexuelles – Slapstick et tac !

Pour le premier soir, Botul et Sébastien furent invités chez les Schmit : Frau Ursula, Herr Gunther et leurs huit enfants.

En entrant, Sébastien fut aussitôt entouré par la marmaille souriante et bien peignée qui s'empara de sa main pour le mener en farandole vers la salle à manger où l'épaisse table en bois avait été dressée en leur honneur. Sébastien ne put s'empêcher de penser que la chasteté risquait d'être mal vécue dans cette famille, si elle devait être l'option retenue.

Du pur Greuze. Il s'assit, un peu gêné. On s'enquit de ce qu'il faisait. Il répondit qu'il travaillait pour le cinéma en tant qu'assistant et scénariste. Leurs regards étaient parfaitement atones. Il entreprit alors de raconter plus concrètement quelles étaient ses activités. Mais il n'eut pas plus de succès. Il semblait qu'il leur parlait un idiome inconnu.

Botul s'empressa de changer de sujet.

On lui servit à boire dans un pot en grès. Le liquide était rose pâle, on aurait dit du lait fraise. Timidement, il porta un toast à ses commensaux et but. Il faillit recracher. Jamais il n'avait avalé pareille horreur : c'était douceâtre et visqueux.

– Hum… qu'est-ce que cette… euh, cette boisson ? demanda-t-il en surmontant héroïquement son dégoût.

Les enfants qui buvaient avec un plaisir manifeste lui répondirent à l'unisson :

– Du *laivin* !

Et ils se mirent à pouffer à l'idée qu'un adulte pût ignorer ce qu'était le *laivin*. D'où venait-il, celui-là ? Herr Schmit prit la peine de lui expliquer.

– Certains à table souhaitaient du petit-lait et d'autres du vin. Alors nous avons universellement adopté la *synthèse*, à savoir le *laivin*. Petit-lait + vin, n'est-ce pas ? Délicieux, non ?

Tous savouraient ce breuvage avec force « hum ». Même Botul. Mais son assistant le soupçonnait de se délecter bien plus du concept que de la boisson proprement dite.

– Euh, hésita Sébastien sur lequel la boisson agissait comme un vomitif, auriez-vous de l'eau, s'il vous plaît ? Juste de l'eau…

Alors tout le monde lui répondit, le sourire jusqu'aux oreilles :

– Mais à quoi bon ? Le *laivin* a ceci de magnifique qu'il contient aussi *par essence* de l'eau. À quatre-vingt-quatorze pour cent, même ! Alors vous en reprendrez bien un peu, non ?

Et Fräulein Schmit se fit un plaisir de resservir une rasade au jeune homme, sous le regard approbateur de Botul.

*

Sébastien passa une nuit agitée. Son estomac se refusait à admettre cette *synthèse a priori* de petit-lait et de vin. Si le concept était indigeste, que dire de la boisson ! Il dut se rendre fréquemment à la cuvette des toilettes. Enfin, pas à la cuvette – car il n'y en avait pas à Nueva Königsberg –, mais dans les latrines au fond du jardinet.

Une fois dans son lit plus dur que du béton, il se réveilla en pleine nuit : un bourdonnement inconnu vrillait ses tympans.

Il sursauta.

Qu'était donc ce son insupportable ?

Ah oui, c'était le silence.

Pas un bruit, pas une seule voiture, pas une voix dans la rue, un silence intégral.

Il en résultait que le cerveau de Sébastien, ayant horreur du vide, se mettait par phénomène compensatoire ou par vengeance à sécréter une note insoutenable, labellisée par les scientifiques sous le vocable d'« acouphène ».

Et il suffisait à Sébastien de fermer l'œil pour que ses rêves soient hantés par le sourire des habitants de Nueva Königsberg, ce sourire plus effrayant que toutes les grimaces. Il ne réussit à trouver le sommeil qu'aux premières lueurs de l'aube.

Mais c'est alors qu'autour de lui, tout se mit à vibrer comme une ruche. Il plongea la tête sous l'oreiller, rien n'y fit.

Il se leva et mit le nez à la fenêtre.

Un spectacle ahurissant.

À cette heure matutinale, tout Nueva Königsberg était debout, en action. Tous, petits, grands, vieux, hommes, femmes et enfants, tous partaient, sourire aux lèvres, vaquer à leurs occupations.

Sébastien crut qu'il n'était sorti ni de son lit ni de son cauchemar.

Des répliques à l'infini d'Immanuel Kant et de la

crémière de Vermeer qui tous – oui, tous sans exception ! – se saluaient. Une poignée de main, un dodelinement, un signe, un clin d'œil. D'un pont à l'autre, ils s'envoyaient des « Salut », des « Comment ça va ? », des « Bonjour chez vous ! ».

Mon Dieu, où était-il tombé ?

*

Sébastien refusa de sortir. Croiser tous ces tristes clones ne lui disait rien. Très vite cependant il suffoqua dans son intérieur aux allures monacales. Il lui fallait prendre l'air.

Rasant les murs, il chercha à se faire discret pour s'échapper de la ville ; peine perdue, on le remarquait encore plus. Alors il convint qu'il valait mieux se mettre au diapason et s'employa lui aussi à saluer tout le monde de la tête. Et tous lui répondirent le plus naturellement du monde.

C'était proprement épuisant.

Sébastien chercha alors un endroit calme. Tout d'un coup, comme par magie, au moment où six heures sonnèrent à l'horloge de l'église, la ronde des salutations cessa.

*

Sébastien, espérant échapper à l'ordre loufoque et oppressant de la ville, poussa son investigation plus loin. Il traversa un champ de maïs qui regorgeait de soleil, en ressortit aussi asséché et couvert de poussière que s'il avait effectué une marche dans le désert.

Heureusement, il découvrit plus loin, à l'ombre des palétuviers et des frangipaniers, une oasis aux odeurs de vanille. Il s'assit sur un rocher au bord d'un ruisseau, ôta ses souliers à bascule qui lui torturaient les chevilles et trempa ses pieds dans l'eau fraîche. Ah ! il pouvait enfin savourer son premier instant de véritable solitude.

Mais en réalité il n'était pas seul.

Il perçut juste au-dessus de lui un bâillement interminable. C'était un paresseux bien arrimé à sa branche. Face à lui un tamanoir aux paupières basses explorait sans conviction de sa longue langue les contours d'un rocher. Plus loin, un chinchilla traversait le ruisseau en soupirant pour son pelage…

Et c'est alors que Sébastien commit une erreur : par inadvertance, il croisa le regard d'un cacatoès, en réalité un perroquet à front bleu, espèce au ramage criard, réputée pour son comportement lunatique et son besoin d'affection. Dès lors, le cacatoès ne lâcha plus le jeune homme et entreprit par tous les moyens d'engager la discussion avec lui.

Décidément, Sébastien avait attiré tout ce que la faune locale comptait en animaux neurasthéniques.

Tristes tropiques ! pensa-t-il.

Et il se décida à rentrer.

*

Sébastien traînait son spleen dans la communauté.

Nueva Königsberg : ses petites maisons identiques à colombages, ses jardinets semblables au buis près, avec leurs nains de jardin aux faux airs de Socrate.

Un ennui abyssal suintait de cette uniformité proprette.

Déprimé, Sébastien retournait se terrer à la maison, mais bientôt il étouffait dans cette bonbonnière et se décidait à ressortir.

Et ainsi de suite dans un va-et-vient nauséeux.

Chaque fois, il essayait de trouver un endroit acceptable. Sur les rives du lac, dans les prés, les champs, les sous-bois alentour, son mal ne faisait pourtant qu'empirer.

La campagne avait toujours fait cet effet au citadin irréductible qu'il était. Et ici, dans cet espace-temps improbable, les vibrations de la ville lui manquaient.

Le bruit des voitures était son chant ; leurs gaz d'échappement son oxygène. Il aimait plus que tout les senteurs de la ville : celles qui s'exhalaient des pavés, des bouches de métro, les relents capiteux de ferraille dans les stations, le fumet aigre qui s'élevait des eaux grises de la Seine. Et que dire du parfum qu'il préférait, celui que distillaient les caves de Saint-Germain où il s'abrutissait aux tonitruances du *swing*, alchimie subtile de tabac brun, de transpiration, d'*after-shave* et de parfums féminins…

Sébastien arriva devant la façade baroque d'une église. Lui qui d'ordinaire fuyait ces lieux de recueillement béat, se sentait attiré. Un piètre pis-aller, mais c'était toujours ça.

Il poussa la porte armoriée qui grinça sur ses gonds.

Et là, quelle ne fut pas sa surprise : pas de bancs, ni de chaire, d'autel, de vitraux, d'orgue, de retable, d'encens, de bougies, de transept…

Rien.

Juste un pré et des arcs-boutants dont le seul rôle consistait à soutenir la façade et à amuser les singes qui y avaient tressé des lianes. L'église, qui dominait la ville et rythmait les heures, n'était qu'un trompe-l'œil.

On refusait même ce refuge à Sébastien.

*

Le visage de Botul offrait avec celui de son assistant un effet criant d'antithèse.

Le philosophe déambulait, la mine réjouie, dans Nueva Königsberg, tel un ethnologue fasciné de découvrir une tribu aux mœurs inconnues. Attentif au moindre détail, il observait les faits et gestes des autochtones à la loupe.

Parfois, mû par le désir d'approfondir un mouvement ou une attitude, il interrogeait un passant, faisait quelques pas avec lui. Les réponses provoquaient un sourire complice.

Une fois qu'il avait laissé son interlocuteur, il griffonnait quelques mots dans un petit carnet à couverture en moleskine. Ces discussions lui procuraient une absolue jubilation. Il savait gré à son ennemi de lui avoir donné la chance de vivre une expérience unique.

Oui, c'était vraiment cela. Le philosophe s'aperçut vite que les habitants de Nueva Königsberg agissaient intégralement comme Kant, et pas seulement dans les détails de leur vie quotidienne. Ils ne se contentaient pas d'un simple et anecdotique pastiche.

C'était bien mieux que cela !

Plus que des kantiens intégristes comme certains se sont plu à les décrire, ils étaient ce que Kant appelait des *sujets transcendantaux* qui avaient laissé leur *sujet empirique* (tout ce qu'ils avaient été auparavant : leur métier, leurs possessions, leurs liens quotidiens) en Europe.

Ils ne cherchaient pas à se distinguer, à entrer en opposition dans des modèles personnels. Dans chacune de leurs actions et de leurs pensées, ils tâchaient de faire un, de produire de l'*universel*, comme une ruche sécrète sa gelée royale. Pas pour une reine, mais pour tous et avant tout pour la Raison, leur propriété commune à tous.

Tout de blanc vêtus, ils avaient une apparence quelque peu fantomatique.

Ils vivaient en véritables *êtres kantiens*, en équilibristes du quotidien. Chaque seconde était le fruit d'une synthèse très sophistiquée.

Les disciples avaient fini par dépasser le maître en quelque sorte. Plus kantiens que Kant lui-même.

Fidèles au Maître, en esprit *et* à la lettre.

Tout se passait alors comme si Botul avait mis au jour une souche de *kantisme pur,* qu'il avait par miracle réussi à isoler *in vitro*. Insatiable découvreur, il ressemblait à un laborantin ou, mieux, à un limier qui tenait le bon bout.

Botul arriva devant l'église. Ce qu'il vit – ou plutôt ce qu'il ne vit pas – l'époustoufla. Il resta bouche bée devant ce véritable chef-d'œuvre de dialectique architecturale.

Comment traduire à ce niveau de sophistication ce que la religion était pour Kant ? Un simple trompe-l'œil confortable, une « erreur bénéfique ».

Ces gens étaient diablement géniaux !

*

Botul et Sébastien étaient chez les Rotenberg en compagnie des Bilger pour un *théfé,* infect selon les critères de Sébastien, servi avec des *craqueleines*, dont la texture ambivalente déplut au jeune homme, lorsque trois heures sonnèrent au clocher.

Comme un seul homme, tous se levèrent, la mine réjouie.

– Venez, on y va !

– Où ça ? demanda Sébastien.

Ils échangèrent des regards complices et lancèrent comme une évidence :

– Eh bien… à la promenade.

Au mot « promenade », qui lui évoquait immanquablement les déambulations familiales, dominicales et interminables de son enfance, il vint à Sébastien des envies de meurtre.

Il chercha à se maîtriser et déclina du plus poliment qu'il put.

– Euh… Sans façon… Je vais plutôt me retirer dans ma chambre : la fatigue, le voyage…

Sébastien n'eut pas le loisir d'achever sa phrase. Il venait de recevoir un coup violent dans le tibia tandis que son maître dardait sur lui un regard autoritaire. Ce dernier l'attrapa par le bras et le força à se lever.

– Avec grand plaisir, voyons !

De mauvaise grâce, Sébastien se joignit au groupe. Alors qu'ils sortaient de la maison, ils furent rejoints par tous les habitants de la communauté en procession.

Ils traversèrent un premier pont, puis un second, passèrent devant la tour de Löbenich, longèrent le lac.

Sébastien interrogea ses voisins pour savoir si cela allait durer longtemps, mais personne ne daigna lui répondre. À quelques mètres, Botul, d'un index barrant ses lèvres, lui intima l'ordre de se taire.

En effet, tous respectaient le silence, les lèvres bien serrées, la bouche en cul de poule.

Sébastien mit docilement un pied devant l'autre, cherchant à distraire sa pensée. En scénariste, il essaya de dégager un sens dramatique à la situation, imaginant qu'il faisait partie d'une marche de somnambules ou d'un cortège de zombis, mais les bourdonnements étaient plus forts que tout.

Ainsi la promenade suivit-elle son cours durant une demi-heure qui sembla une éternité à Sébastien. Soudain le cortège se défit tout aussi naturellement qu'un fleuve s'efface dans la mer.

Rompant le silence, le philosophe expliqua que ce rituel était l'exacte réplique de *la* fameuse promenade de Kant, celle que le philosophe exécuta chaque jour de sa vie, empruntant le même trajet. Précise au point que les habitants de Königsberg n'avaient pas besoin d'horloge lorsqu'ils le voyaient passer.

Sébastien chercha à comprendre.

– Je ne vois pas le plaisir qu'il y a à faire une balade sans parler.

– C'est tout simplement que le plaisir n'a rien à voir là-dedans.

– C'est pour la concentration, alors ?

– Non, c'est plus simple que cela. Une question

d'hygiène, d'équilibre vital. Cette marche se doit d'être muette pour permettre de respirer exclusivement par le nez (ce que l'on ne peut évidemment pas faire lorsque l'on parle). L'air est alors transporté par le circuit le plus long et parvient aux poumons dans un état de moindre âpreté, moins sujet à les irriter. Un remède très efficace pour éviter tout risque de rhume, d'enrouement ou de catarrhe...

Cela ne fit que confirmer ce que pensait Sébastien. Il était bien chez des fous !

Soudain, un soupçon traversa son esprit : son maître n'avait-il pas été contaminé ?

Et il se sentit bien seul, tout à coup.

*

Nueva Königsberg, deuxième jour

Pauline mon amour,

J'espère que tout va bien à Paris et que ton nouveau tournage se passe bien.

Ici, je vis un cauchemar. Je suis tombé dans une communauté du genre des Amish. Oui, ces sectes qui ont arrêté le temps et vivent comme au XVIIIe *siècle. Ces fous se sont enfuis de Königsberg où les bombes tombaient du ciel et ont décidé de vivre à la manière de Kant. Oui, Immanuel Kant, l'austère philosophe allemand…*

Quand je dis vivre « à la manière de », c'est vivre exactement comme lui. *Oui, tu as bien lu : ils ont arrêté le temps en 1771 ! On se déplace en calèche.* Exit *les transistors, le téléphone, l'eau chaude, les voitures, les cigarettes, le jazz, l'électricité… Et même – excuse ce détail trivial – les toilettes et les bidets !*

Il y a une statue de Kant au centre de la communauté. Chaque fois que je passe devant elle, j'ai l'impression qu'il m'épie.

Et puis tu verrais comment on est habillé… Je porte, comme tous les hommes ici, la tenue de Kant : bas, pantalon, chemise à jabot, veste et perruque !

Quant aux femmes, elles ressemblent toutes à des servantes avec leur grande robe couleur taupe, une bagnolette plaquée sur les cheveux. Et pas une once de fond de teint, de rouge à lèvres ou de khôl. Pas vraiment sexy ! Bref, le cauchemar.

J'ai toujours l'impression qu'il va se terminer, que je vais me réveiller, qu'un mégaphone va surgir dans le champ et que quelqu'un va me délivrer en criant : « Coupez ! »

Mais – hélas ! – ce n'est pas un film.

Je suis venu ici au Paraguay dans l'espoir de t'oublier, mais c'était inutile, je pense à toi à chaque seconde et j'ai mal. Rien ici ne soulage ma douleur…

Je t'embrasse,

Sébastien

PS : Je sais, on s'était dit… enfin, tu m'avais dit *de ne pas t'écrire. Mais je n'ai pas pu résister. Ne m'en veux pas ; ça m'est indispensable !*

*

Sébastien, alors qu'il baguenaudait tout à ses pensées dans Nueva Königsberg, se retrouva soudain entouré d'enfants.

Sans le savoir, il avait atterri dans une cour d'école.

Une nuée d'écoliers en culottes courtes jouaient aux osselets, poussaient des cerceaux, sautaient à la corde, sautillaient sur des marelles bien dessinées, s'amusaient à saute-mouton, à colin-maillard, lançaient billes et calots, actionnaient des marionnettes en bois, fredonnaient des comptines en canon…

Tout à coup, dans ce vert paradis, Sébastien fut

atteint dans le dos par des projectiles. Il avisa alors un groupe de trois enfants qui, tout sourires, lui lançaient de petits cailloux.

Il saisit l'un des enfants par le bras et l'admonesta.

– Veux-tu bien arrêter ! Tu ne dois pas faire cela, ce n'est pas bien.

Les enfants le regardèrent, éberlués.

Sébastien déclina son prêchi-prêcha en plusieurs langues pour être sûr de bien se faire comprendre.

Toujours le même regard vide.

Et les enfants reprirent leur activité de plus belle.

C'est alors qu'une jeune femme arriva, portant collerette, fichu et tablier, comme toutes les femmes de Nueva Königsberg.

– Bonjour, je suis Sofia, la maîtresse d'école.

– Bonjour. Vous tombez à point nommé !

Et, soulagé de la voir, il lui expliqua ce qui s'était passé.

Les traits de la jeune femme ne trahirent aucune émotion particulière. Elle passa sa main dans les cheveux des chères têtes blondes et les laissa filer.

En revanche, elle prit Sébastien à partie comme si c'était lui le garnement, et lui fit une remontrance structurée en trois points :

1/ Il avait employé la forme négative. Était-ce selon

lui la meilleure façon de faire entendre *raison* à un enfant ?

2/ Il avait fait usage d'un argument *hypothétique* : en quoi le fait de lancer des cailloux est-il *absolument* et *universellement* répréhensible ? Ne l'avait-il jamais fait lui-même dans une rivière sans qu'on y trouve rien à redire ?

(Sébastien aurait bien voulu répondre aux questions. Mais ce jeu n'appelait aucune réponse.)

Et 3/ La finalité de l'acte des enfants était *pure*. Ils n'avaient aucunement l'intention de lui faire du mal – quel indice lui permettait de soupçonner cela ? Ils voulaient juste partager un moment de convivialité et peut-être l'intégrer parmi les leurs…

Sébastien crut à une blague et sourit. Pourtant, lorsqu'il croisa le regard de la maîtresse, il ne décela pas la moindre étincelle d'ironie.

Il bégaya quelque chose mais la jeune femme était déjà partie.

*

Sébastien, effaré devant cette nouvelle confirmation de la folie douce des habitants, s'était en outre sentit profondément humilié par cette jeune femme qui avait pris la défense des enfants.

C'était bien peu de chose, mais, dans son état de nerfs à fleur de peau, cela avait agi comme un détonateur.

Cet épisode fit peut-être aussi remonter des souvenirs de vexations lointaines, de son enfance de souffre-douleur, quand on le traitait de « quatre-œils » avec ses lunettes en culot de bouteille.

*

C'est donc passablement énervé que Sébastien se rendit à la Première Causerie qui constitua pour Botul une manière de *mise en bouche.* Le maître prit langue avec les membres de la communauté par la connivence et l'humour.

En guise d'introït, il chercha à mettre l'assistance en confiance, et parvint très bien à les dérider.

Devant les férus du philosophe, refusant de se poser en spécialiste de Kant, il leur affirma néanmoins qu'à son avis le sujet de la sexualité de Kant – sur lequel l'avait missionné feu Bouginski –, loin d'être léger et byzantin, constituait la voie royale pour comprendre le kantisme.

Il évoqua cette image de *père tranquille* qui collait aux basques du philosophe. Contrairement aux Rousseau, Voltaire, Hume ou Diderot qui furent tous de grands voyageurs, lui ne quitta jamais Königsberg. Botul parla de sa vie réglée avec son valet Lampe comme si elle suivait une sorte de partition.

Jamais Kant ne s'éloigna à plus de quarante kilomètres de Königsberg.

Pour autant, il ne fallait pas en avoir une vision étriquée. Cette vie réglée – de même que le célibat – était consubstantielle à sa philosophie.

Quant à la sexualité, qui allait être le fil rouge de ces causeries, il pria instamment l'assistance de n'avoir aucun préjugé. « Ne pas pleurer, ne pas rire, mais comprendre », disait Spinoza.

Et pour conclure ce premier exposé, le philosophe évoqua sur un ton badin, qui détendit l'atmosphère, la non-rencontre de Kant et de Diderot. Le philosophe français aurait pu croiser Kant à Riga ; mais le Prussien ne s'y trouva pas. En remplacement, Diderot s'offrit du bon temps avec une gourgandine qui lui inspira un poème libertin, « La servante de l'Auberge du pied fourchu ». Et Botul récita ce poème où il est question de « con », de « double teston », de « cul » et de « vérole ».

Cet intermède un peu leste fit sourire l'assistance et on se quitta de bonne humeur, se donnant rendez-vous pour une prochaine causerie.

*

Comme le leur avait suggéré Botul, il ne fallait pas faire du sexe une question taboue. Il fallait le traiter normalement, avec la plus grande application. Et en bons kantiens qu'ils étaient, ils le firent de façon *critique*.

À ce stade, l'heure était aux contributions. Le jour venu, on procéderait à leur *synthèse* pour s'accorder sur un *modus operandi* commun concernant leur sexualité.

*

Contribution 1
Quand y a-t-il du sexe plutôt que rien ?

Les avis divergeaient. Pour certains – les tenants de la notion restreinte –, c'était seulement à partir du moment où les parties génitales entraient en contact. Mais d'autres eurent tôt fait d'y intégrer aussi toute autre sorte de contact physique. D'autres encore estimèrent que le contact physique n'était pas même nécessaire puisque la vue suffisait (deux personnes derrière des vitres) ou même la voix (dans un confessionnal, par exemple), ou encore à distance (par lettre). Pour certains enfin – les tenants de la notion élargie – le sexe était partout, niché même dans l'étincelle naissante d'un œil concupiscent.

Les habitants s'appliquèrent ensuite à déterminer cette question en la passant au crible des catégories kantiennes : la *quantité*, la *qualité*, la *relation* et la *modalité*.

Contribution 2
Quantité : quelle fréquence pour les rapports sexuels ?

Un groupe fut chargé de faire des propositions sur la fréquence des rapports sexuels. Quel était le rythme idéal ? Une fois par semaine ? Une fois par jour ? Plusieurs fois par jour ? Combien de temps devaient-ils durer ?

En ce sens, certains s'employèrent à déterminer des programmes hebdomadaires visant à établir une certaine harmonie tout en respectant une variété entre les pratiques. Comme il était avéré qu'un régime alimentaire se devait d'être varié et mesuré, une pratique sportive assidue et équilibrée, il devait en être de même pour la pratique sexuelle.

Comment définir une pratique sexuelle équilibrée ? Où finissait le manque et où commençait l'abus ?

Contribution 3
Qualité : qu'est-ce qu'un rapport sexuel réussi ?

Concernant la *qualité*, quand pouvait-on dire qu'un rapport était réussi ? Il fallut trouver une synthèse entre les hommes et les femmes qui divergeaient sur cette appréciation et établir en conséquence la notion de réciprocité.

Du point de vue de la qualité, un rapport pouvait être considéré comme réussi *si, et seulement si,* il satisfaisait les deux participants.

Contribution 4
Relation : quels types de rapports sexuels ?

Fallait-il s'en tenir aux relations entre hommes et femmes et / ou inclure les relations entre hommes, entre femmes ? À combien ?

– Et les enfants ? Et les animaux ? suggéra Sébastien, pensant semer le trouble.

Mais le greffier nota le plus sérieusement du monde sa remarque, et tous approuvèrent. Pour les enfants, les avis étaient partagés tant sur le principe que sur les modalités. Pour les animaux, ils déterminèrent ensemble une taxinomie des animaux envisageables. Le mammifère eut du succès.

Sébastien les regardait, abasourdi.

Contribution 5
Modalité : quelles pratiques sexuelles ?

On passa en revue les différentes pratiques. Les positions furent cataloguées et répertoriées. Ils en dénombrèrent 68.

Évidemment, Sébastien se fit un plaisir de leur souffler la 69e.

Toujours disposé à participer, il posa aussi la question des adjuvants. On accueillait ses suggestions avec intérêt.

Il leur soumit une liste non exhaustive comprenant la lingerie fine, le martinet, le godemiché, la pince-monseigneur, l'injure, la claque, les menottes, l'urologie et la scatologie.

Là encore, ils notèrent consciencieusement.

– Décidément ce Sébastien est un membre actif ! remarqua l'un des greffiers.

*

Nueva Königsberg, je ne sais pas Kant
(le troisième jour, il me semble)

Pauline mon amour,

Au fait, je ne t'ai pas dit : si nous sommes ici, c'est à cause du sexe. Non, je ne rigole pas. Botul est venu pour parler de la vie sexuelle d'Immanuel Kant et résoudre le problème de la communauté.

En fait, les exilés ne savent pas ce qu'il faut faire sur ce plan-là. Visiblement, pour l'instant, c'est abstinence ; ce qui les rend un peu à cran.

Botul a été chargé par un de ses amis, qui est mort le jour de notre arrivée, de résoudre ce problème.

To fuck or not to fuck, that is the question.

Je ne sais pas comment Botul va s'y prendre. En tout cas cette mission a l'air de le réjouir au plus haut point. Je le vois fureter, poser des questions aux habitants, prendre des notes, aller en bibliothèque, toujours avec son indéfinissable sourire.

Même si je m'en fous, j'ai tout de même assisté à des réunions : c'est surréaliste !

Ça pourrait être mon moment de détente si ce n'est que chaque discussion ne fait que raviver ton souvenir et celui de nos nuits…

Dans ce monde fade et aseptisé où je suis exilé, la chaleur de ton corps, ton odeur me manquent… Laisse-moi te l'écrire : je t'aime, et je t'aimerai toujours…

Ça me fait tellement de bien.

Je t'embrasse,

Sébastien

PS : Petite bouée… Une idée m'est venue lors de la Première Causerie, lorsque Botul a évoqué la vie de Kant et de son valet Lampe. Deux sacrés zoziaux. Il y a un truc à écrire là-dessus. En tout cas, ça m'occupera l'esprit…

*

Sébastien se rendit à la bibliothèque. On l'orienta vers les œuvres de Kant mais ce n'était pas ce qui l'intéressait. Il demanda des éléments sur la vie du philosophe.

– C'est pour un enfant, mentit-il, voulant être sûr d'avoir quelque chose de digeste.

Ce qu'il y dénicha dépassa toutes ses espérances. Le grand Immanuel se révélait être un véritable névrosé du contrôle !

En somme, la vie de Kant était un véritable *slapstick* ! Comme le comique y repose essentiellement sur la tension qui existe entre le contrôle absolu et sa perte, c'était du pain bénit pour Sébastien !

Oui, Laurel et Hardy avaient trouvé de sérieux concurrents en Kant et Lampe. Le professeur et son valet étaient vraiment de fieffés comiques, doublés de beaux sadomasochistes !

Sébastien sortit sa Remington de la valise et déchargea sa fougue iconoclaste sur les touches.

Slapstick et tac !

LES AVENTURES DE KANT & LAMPE

Un film à sketches
de Sébastien Marot

STARRING

LE PROFESSEUR KANT
Digne auteur des *Critiques*,
sec comme un coup de trique

LAMPE, LE VALET
Rond et rougeaud, ancien soldat
de l'armée prussienne.
Il a gardé ses manières martiales,
son casque à pointe et le goût prononcé
pour le schnaps…

et aussi

URSULA, LA CUISINIÈRE

UN MENDIANT

UN VOISIN

Note d'intention

Les courts scénarios qui suivent constituent un hommage à la *slapstick comedy*, ces films comiques muets réalisés entre les années 1920 et 1940.

Ils seront tournés en noir et blanc, avec des lampes à magnésium, sans prise de son directe.

Les dialogues ou monologues feront l'objet d'ajouts de cartouches.

À la postproduction, on maltraitera la pellicule pour retrouver les striures et on fera sauter quelques images pour obtenir un mouvement saccadé et rapide.

La bande-son sera composée essentiellement pour piano et violons, auxquels on adjoindra des cuivres et des percussions pour souligner les effets comiques.

Le jeu des acteurs sera outré et mécanique.

L'HISTOIRE SANS FIN DE LA GAZETTE DE HARTUNG

1. EXT. JOUR - KÖNIGSBERG

On sonne à la porte. Lampe, le valet de la maison, va ouvrir.

Le facteur vient apporter un journal.

FACTEUR
Voici la gazette de Hartung pour Monsieur Kant !

2. INT. JOUR - MAISON DU PROFESSEUR KANT

Lampe se dirige vers le bureau de Kant. Il frappe.

LAMPE
Monsieur le Professeur, voici le journal de Hartmann.

KANT, *roulant des yeux*
Hein ? Quoi ? Qu'est-ce que vous

dites ? Le journal de Hartmann ? Ce n'est pas Hartmann, mais Hartung !

Lampe est morose et penaud. Il louche.

KANT, ***autoritaire***
Répétez après moi : « Pas Hartmann, Hartung. »

Lampe se redresse. Il se met au garde-à-vous, retrouvant ses réflexes de soldat.

LAMPE, ***martial***
Pas Hartmann, Hartung !

KANT, ***autoritaire***
Encore une fois !

LAMPE
Pas Hartmann, Hartung ! Pas Hartmann, Hartung…

Lampe s'en va en répétant cette phrase, faisant claquer ses bottes comme dans une parade militaire.

Quelques jours plus tard…

Lampe vient de récupérer des mains du facteur la fameuse gazette. Il s'empresse de frapper à la porte de Kant et ouvre.

LAMPE
Monsieur le Professeur, voici le journal de Hartmann !

De nouveau Kant roule les yeux…

Un an plus tard…

LAMPE
Pas Hartmann, Hartung !

Dix ans plus tard…

LAMPE
Pas Hartmann, Hartung !

Vingt ans plus tard…

LAMPE
Pas Hartmann, Hartung !

Trente-huit ans plus tard…

LAMPE
Pas Hartmann, Hartung !

Et ainsi, deux fois par semaine pendant trente-huit ans, Lampe a réussi l'exploit de répéter la même imbécillité 3 952 fois.

Bravo, Lampe !

L'INCIDENT DE LA TOUR DE LÖBENICH

3. INT. JOUR - KÖNIGSBERG - BUREAU DE KANT

Kant à son bureau regarde la tour de Löbenich par sa fenêtre.

Les jours passent. (Une éphéméride s'effeuille.)

On voit un arbre pousser devant la fenêtre du professeur Kant.

À son bureau, il tend le cou pour apercevoir encore la tour. Il se contorsionne, s'infligeant force torticolis.

La vue de la tour est totalement obstruée par le peuplier du voisin.

PROFESSEUR KANT
Scheiße !

Le Professeur ne réussit plus à écrire une ligne, c'est la panne sèche.

Il s’énerve, grommelle devant la vue obstruée.

Il envoie Lampe parlementer avec le voisin. Celui-ci refuse.

Lampe a alors une idée. (Sur sa tête, une bougie s’allume.)

Quelques instants plus tard…

4. EXT. JOUR - KÖNIGSBERG - JARDIN DE KANT

Soudoyée par Lampe, Ursula, la plantureuse cuisinière, entame un *strip-tease* derrière le peuplier.

Le voisin aux aguets voit les vêtements voler de part et d’autre de l’arbre, mais le tronc l’empêche de profiter pleinement du spectacle.

Des bas, une culotte et une combinaison tombent sur le visage du voisin. Celui-ci, émoustillé, fait le tour de l’arbre, mais Ursula tourne aussi.

N'en pouvant plus, le voisin, qui salive abondamment, langue pendante, s'empare d'une hache et s'attaque sauvagement au peuplier…

Entre-temps, Ursula s'éclipse…

Le peuplier est sur le point de céder quand le professeur revient de sa promenade quotidienne.

Le peuplier tombe et s'abat sur Kant, faisant voler sa perruque.

Kant se retrouve au sol, les quatre fers en l'air. Une grosse bosse a jailli sur son crâne déplumé et des oiseaux tournent autour de sa tête…

Plus tard…

5. INT. JOUR - KÖNIGSBERG - BUREAU DE KANT

Kant retrouve son bureau et sa vue de la tour de Löbenich. Sa tête est bandée ; il a un sourire édenté.

LE PROFESSEUR ET LE MENDIANT

6. EXT. JOUR - RUES DE KÖNIGSBERG

La promenade solitaire et quotidienne du professeur.

Tous les jours, un mendiant vient se poster devant lui.

MENDIANT
À votre bon cœur, monsieur le professeur !

LE PROFESSEUR
Au travail !

Cette scène est reprise plusieurs fois avec des variantes : coup de pied aux fesses, coup de canne sur la tête, seau d'eau…

Chaque fois, le mendiant esquive.

Mais ce jour-là, Kant n'a pas vu qu'à la place du mendiant se trouve un gros chien affublé de la même casquette.

Le coup de canne part. Le chien montre les crocs…

Kant prend ses jambes à son cou et appelle Lampe alors que le chien le poursuit. Le professeur grimpe sur un lampadaire.

LE PROFESSEUR
Lampe ! Lampe ! *Zu Hilfe ! Achtung !*

Lampe arrive. Il tend la gazette à son maître.

LAMPE
« Pas Hartung, *Herr Professor*, Hartmann ! »

Lampe repart comme si de rien n'était alors que le professeur fulmine.

La nuit est tombée et Kant est toujours perché sur le réverbère.

À peine bouge-t-il un orteil que le chien aboie de nouveau…

UN COUPLE INSÉPARABLE

7. INT. JOUR - MAISON DU PROFESSEUR

Le professeur est furieux : son portefeuille a été vidé et il a manqué tomber en marchant sur deux bouteilles de schnaps vides. Il appelle son valet Lampe qui arrive comme d'habitude au garde-à-vous, la main sur la couture du pantalon, avec son casque à pointe prussien.

LAMPE, ***complètement soûl***
Hips !

Le professeur lui fait signe de partir.

LE PROFESSEUR
Raus !

LAMPE
? ? ?

Sans le regarder en face, le professeur tend à son valet une enveloppe.

Lampe ouvre l'enveloppe.

LAMPE, *ahuri*
Was ist das ?

LE PROFESSEUR
Vos indemnités !

Lampe fait son baluchon et s'en va dans le crépuscule (comme la fin des *Temps modernes* de Charlie Chaplin).

Les traits du professeur se décomposent. La dureté de son visage fait place à une moue qui se transforme en pleurs.

(Musique tzigane tire-larmes.)

L'œil humide, il regarde partir son valet.

Quelques jours plus tard…

Le professeur n'a pas d'appétit, il pleure pour un rien.

Avant de se coucher, Kant pousse un long soupir et note sur un carnet qu'il dépose sur sa table de chevet :

« Oublier Lampe »

À sa table de travail, un écriteau où est inscrit :

« Oublier Lampe »

Aux toilettes :

« Oublier Lampe »

Durant la promenade, il sort un mouchoir et fait tomber un mot :

« Oublier Lampe »

Avant de se coucher, Kant pousse un long soupir et sur son oreiller on lit :

« Oublier Lampe »

8. EXT. JOUR - CIMETIÈRE DE KÖNIGSBERG

Enterrement de Kant. (Musique de « Un corbillard avançait dans le brouillard » à l'orgue.) On met la bière en terre.

Ursula et le mendiant pleurent. On scelle le tombeau.

Sur la plaque en marbre, on lit :

Kant, professeur
1724-1804

Le plan s'élargit et la tombe voisine entre dans le champ, on y lit :

Lampe, valet
1738-1804

Les deux portraits sur les pierres tombales se regardent en chiens de faïence pour l'éternité.

THE END

III

Agent provocateur – Une certaine
Marie-Charlotte : Deuxième Causerie –
Exactions zazoues – Self-control – Fiel – La quille !

En tapant « The end », Sébastien se rendit compte que la séance défouloir avait du même coup pris fin. De nouveau, les secondes s'étiraient, aussi flasques que les montres de Dali.

Il avait atteint la limite du supportable : marre du *pastariz*, marre des *socisses* (des saucisses au soja), marre du *Transcendantal Pursuit* où il se faisait étriller par le moindre des gamins de sept ans, marre de la promenade aux allures de supplice chinois, lui semblant chaque jour un peu plus longue…

Marre, marre, marre de Kant à toutes les sauces !

Et puis, il ruminait sans cesse l'humiliation tripartite que lui avait infligée l'institutrice. D'ailleurs, lorsqu'elle le rencontrait, elle continuait de le traiter en gamin, lui proposant de participer à certaines de ses leçons.

Non, mais pour qui elle se croyait, la *Gretchen* !

Son esprit de rébellion prit le dessus.

Puisque c'était ainsi, Sébastien se décida à lui prouver qu'elle avait tort. Par l'exemple.

Il retourna à l'école, affichant les meilleures dispositions envers Sofia, se ralliant à sa proposition, mais il avait tout de même une autre idée en tête : elle allait voir si les enfants étaient aussi *raisonnables* qu'elle le pensait !

Il décida de semer le trouble dans l'établissement, d'agir en agent provocateur au sein de la cour.

La tâche allait lui être rendue facile puisque Sébastien s'aperçut instantanément que les enfants ignoraient tout des bases de la culture potache. Ils ne connaissaient pas le croche-patte, le bras d'honneur, la cravate, la frite, la béquille, les lacets croisés, le retrait de chaise… bref, tous les grands classiques des cours enfantines. Le jeune homme s'employa à leur enseigner clandestinement ses connaissances en la matière.

Les chères têtes blondes écoutèrent avec une curiosité non feinte mais, contre toute attente, aucune d'elles ne passa à l'acte. Tout se déroulait comme si seuls les concepts semblaient les amuser, leur application ne présentant aucun intérêt.

Sébastien espéra avoir plus de succès en leur confectionnant un coussin péteur. Il pensait tenir quelque chose d'universel.

Mais ce fut encore un joli fiasco.

Visiblement, lâcher des vents n'était pas tabou sous ces latitudes.

*

Contrarié par ses échecs, Sébastien assista d'une oreille distraite à la Deuxième Causerie au cours de laquelle Botul leva le voile sur un épisode peu connu de la vie du philosophe de Königsberg. Il fit entrer en scène une certaine Marie-Charlotte.

À l'évocation de cette jeune femme, un murmure parcourut l'assistance.

Marie-Charlotte Jacobi, née Schwink, jeune femme mariée, côtoya Kant. Elle envoya un mot au philosophe en 1762. Pour Botul, qui s'adonna avec beaucoup de finesse à l'exégèse du billet, le doute n'était pas permis : il s'agissait bel et bien d'une invite sexuelle.

Quelle fut la réaction de Kant ? On ne sait pas. Lui répondit-il lorsque, six ans plus tard, la jeune femme lui écrivit une nouvelle lettre de Berlin pour lui raconter son ennui ? Mystère.

Ce que l'on sait, en revanche, c'est qu'il ne la rejoignit pas.

N'en eut-il pas l'envie ?

Impossible à dire. Car, dans le cas de Kant, la chose n'est pas aisée. Par principe, il n'était pas contre une aventure galante. Contrairement aux moralistes qui prônaient la chasteté et s'adonnaient en catimini à la luxure, lui n'était pas contre les plaisirs. Mais il n'y touchait pas.

Tout n'est donc pas aussi simple que l'on pourrait le penser.

Et puis, une chose est sûre, conclut Botul, si Kant ne s'intéressait pas aux femmes, les femmes, elles, s'intéressaient à Kant.

*

Dès lors tout Nueva Königsberg bruit de Marie-Charlotte. Comment était-elle ? Chacun y allait de son hypothèse. La tension montait.

Qui était cette femme qui avait osé aguicher le Maître ?

Mais personne finalement ne la condamna véritablement. Toute femme ici présente n'aurait-elle pas ressenti en la présence du Maître une telle attirance ?

Ce fut plutôt un sentiment de frayeur rétrospective qui s'empara de la communauté. Admettons que le

Maître ait succombé. Avec une femme pareille, il y aurait eu peu de chances qu'il eût employé son temps à rédiger ses trois monumentales et indispensables *Critiques*. Nul doute qu'il eût préféré la bagatelle.

Et conséquemment, tous n'auraient pas eu la chance de vivre comme ils le faisaient aujourd'hui.

*

Peut-être Sébastien aurait-il davantage de succès en optant pour des effets plus spectaculaires auprès des gamins ? Par exemple en les liguant contre l'autorité, à savoir la maîtresse.

Il soumit au test d'autres classiques à la formule éprouvée par des générations entières de culottes courtes : le seau d'eau sur la porte, le lancer de *yaousse* (yaourt + petit-suisse), la porte hors des gonds, la peau de banane, le fil invisible, le bureau sur le bord de l'estrade…

Mais ses efforts n'eurent aucun succès. En réalité, ce fut un vrai massacre !

Le seau tomba sur la tête de Sofia, provoquant une énorme bosse ; la porte hors des gonds se solda par un orteil écrasé ; le bureau glissant hors de l'estrade procura à Sofia une luxation au coude ; la peau de banane et le fil invisible engendrèrent deux belles chutes de la maîtresse. Mais dans la salle, pas un sourire, les enfants restaient de marbre. Ces initiatives furent de vrais gadins pour leur instigateur…

Sébastien tenta, dans un baroud d'honneur, le débordement des latrines en y déversant trois kilos de levure à pain. Mais là encore, aucune réaction chez les enfants.

Silencieuse face à la Providence qui s'acharnait contre elle, Sofia répara seule cette incompréhensible inondation en écopant toute la nuit.

N'importe qui d'autre se serait ému du spectacle de résistance souriante qu'offrait la maîtresse. Mais pas Sébastien, dont l'état de nerfs ne s'améliorait décidément pas.

*

Son envie de rébellion n'ayant eu aucun écho chez les écoliers, Sébastien s'en prit aux gens de la communauté, au hasard. Il se fit insolent, grossier, injurieux même. Il répondait à leurs bonjours par des bras d'honneur, des grimaces, des rots ou des majeurs rageurs.

Mais il n'arrivait pas à obtenir d'eux la moindre

désapprobation. On continuait de le saluer comme s'il faisait partie des leurs.

Il bazarda son déguisement kantesque et se rhabilla en zazou. Veste large à carreaux, cheveux au vent, il parada dans le village, parapluie au bras sous le soleil radieux. Il sortit la clarinette de ses bagages, y souffla sa rage dans des airs bien détonants et déconnants, un *free jazz* brouillon, bourré de couacs nihilistes. Autre chose que leur musique folklorique !

Comme il eût aimé qu'on le chassât ! Qu'on lui témoignât au moins un brin d'animosité ! Pas un seul sourcil ne frémit sur le visage des membres de Nueva Königsberg. On le regardait juste avec une tendresse filiale presque complice, teintée de pitié.

Même Botul ne lui dit rien. En parfait philosophe, il observait.

*

Sébastien poussa le vice jusqu'à faire la promenade rituelle dans le plus simple appareil, avec pour seul vêtement quelques plumes de paon fichées dans le postérieur. Mais personne, là encore, n'y prêta la moindre attention.

Sébastien dut se rendre à l'évidence : ses provocations zazoues n'avaient strictement aucun effet.

Les membres de la communauté conservaient un calme absolu, un *self-control* impressionnant. Le sens de la mesure en toute chose.

Que faire ? Il n'allait quand même pas s'immoler ou se faire *seppuku* pour tester leur résistance émotionnelle ! Il n'était même pas certain qu'ils s'affoleraient pour autant.

Il en arriva à la conclusion qu'il valait mieux partir. La plaisanterie avait assez duré. C'est lui qui devenait pathétique.

Toutefois, il voulut soigner son départ.

*

Sébastien fit irruption dans la salle de classe.

Raide comme pour une récitation, il débita ce qu'il avait sur le cœur.

Elle était laide, inintéressante, sans aucune sensualité, pas le moindre charme.

C'était un tas, un thon ! Pour rien au monde il ne la toucherait. D'ailleurs, elle ne devait pas se préoccuper des causeries de Botul, car en ce qui la concernait, c'était plié, archivé : le sexe pour elle, ce serait ceinture ! Autant qu'elle se fît nonne.

À peine eut-il achevé sa diatribe qu'il fit volte-face et claqua la porte si fort derrière lui que le squelette de la classe se mit à gigoter à se fendre les côtes.

C'était bien le seul. Les enfants restèrent sans réaction.

Vider son sac eut un effet euphorisant sur Sébastien ; il n'avait pas ressenti cela depuis bien longtemps.

*

Les affaires de Sébastien étaient prêtes. Enfin la quille ! Il allait recouvrer sa liberté, s'évader de cet asile de fous.

Botul ne lui fit aucun reproche et ne chercha pas à le dissuader.

Il lui demanda juste s'il était sûr que son départ résoudrait ses problèmes.

Sébastien avait bouclé sa valise et s'était rhabillé de sa tenue de zazou, le parapluie dûment glissé sous le bras. Il traversa le village, le cœur léger.

Il se remémora ce qu'il avait dit à la jeune institutrice. Quelle décharge ! Quelle bidonnade ! Il faudrait qu'il pense à la retranscrire. Une scène de comédie irrésistible. Et puis, quand il la raconterait à ses amis, ce serait l'hilarité assurée.

Lorsqu'il passa devant la maison de Sofia, il ralentit le pas, hésita, haussa les épaules, puis poursuivit sa route.

Mais ce fut plus fort que lui ; il rebroussa chemin et pénétra à pas de loup dans le jardinet.

Discrètement, il glissa son œil au carreau de fenêtre.

Elle était là.

IV

Contrechamp – Critique du mariage pur :
Troisième Causerie – L'énigme des sept ponts –
Tabula rasa – Et l'amour dans tout ça ?

Sébastien avait retenu une chose de ses maîtres en cinéma : l'essentiel ne réside pas tant dans l'*action* proprement dite que dans la *réaction* de la personne qui la subit. Plus que le *champ*, c'est donc le *contrechamp* qui délivre la clef d'une scène. Une blague, une nouvelle tragique, une gifle, une visite d'huissier ne trouvent leur aboutissement pour le spectateur que dans la réaction du destinataire. Ce qu'à Hollywood on appelle l'*aftermath*, la conséquence.

Or Sébastien n'avait pas eu son contrechamp. Il avait claqué la porte de la salle de classe sans attendre la réaction de Sofia. Et c'était plus fort que lui, il ne pouvait se résoudre à partir sans savoir comment elle avait réagi.

Maintenant, aux aguets derrière la fenêtre, il pouvait l'observer. À travers la lucarne, il tenait son visage en gros plan comme dans le viseur d'une caméra, le rideau de tulle lui donnant un effet vaporeux, comme avec de la gélatine.

Sofia pleurait.

Mais, contrairement à toutes ces actrices que Sébastien avait vues à l'œuvre sur les plateaux de cinéma, geignant, hystérisant, hoquetant une douleur feinte, Sofia gardait une attitude digne. Elle ne gesticulait pas. Penchée sur la table, elle essuyait ses larmes avec ses manches, tout en continuant de sourire et de fredonner une comptine.

D'habitude, le spectacle lacrymal laissait Sébastien de marbre. Mais là, il y avait quelque chose d'autre, peut-être dans la retenue, précisément. Et cette peine devenait sublime.

Malgré lui, l'émotion l'emporta.

*

Sofia lui ouvrit la porte, les yeux rougis.

Elle ne marqua aucun mouvement de surprise, pas le plus léger recul.

Sébastien contempla sa victoire. Et, tout en lui tendant un mouchoir, magnanime, il se répandit en excuses.

Ça ne lui coûtait rien. Une rédemption pour pas cher.

Sa ligne de justification : il n'avait pas voulu la blesser, les mots avaient déformé sa pensée, etc.

Elle l'écoutait calmement. Les larmes continuaient de ruisseler sur son visage, elle s'essuyait les yeux.

Elle lui sourit.

Alors Sébastien se sentit grandi, il se dit qu'il pouvait quitter Nueva Königsberg. Il s'apprêtait à lui annoncer la nouvelle quand Sofia lui proposa de rester déjeuner avec sa famille.

– Euh…

Il entra dans la maison au décor qui lui était désormais familier.

Elle s'excusa de le quitter, mais elle était en train de préparer des *moignons*. Elle émincait justement les oignons qui entraient pour moitié avec la mélasse dans leur confection.

Sébastien eut alors un doute : Sofia avait-elle pleuré à cause de lui ou tout simplement à cause des oignons ?

*

Sébastien découvrit que Sofia était au courant *depuis le début* de tous ses agissements à l'école. Non, ses élèves n'avaient rien dit.

C'est elle qui avait senti, depuis l'arrivée du jeune homme, quelque chose de bizarre.

Logique avec elle-même, et avec le discours qu'elle lui avait tenu lors de leur première rencontre, elle savait qu'il était inutile de réagir ou de réprimander Sébastien. Elle était persuadée qu'il se rendrait compte de son propre chef que sa conduite n'était pas *raisonnable.*

La preuve : il était venu s'excuser.

Encore une fois, Sébastien se sentit manipulé, infantilisé. Mais cette fois-ci, il ne s'en offusqua pas. Il l'avait bien cherché. Il était le dindon de sa propre farce, l'arroseur arrosé.

Il était plutôt intrigué par la puissance de caractère de Sofia.

Au fil de la discussion, sa volonté de quitter Nueva Königsberg s'estompa. Pourquoi partir sans connaître le dénouement de la mission de Botul ? C'était comme partir au milieu d'un film.

Et puis, sans qu'il se l'avouât encore, il éprouvait une certaine curiosité à l'endroit de Sofia.

Dans la balance, il y avait aussi la corvée du retour, affronter le mal de mer, le long voyage à effectuer seul cette fois-ci. N'était-il pas encore trop tôt pour retrouver Paris ? Il était parti pour prendre ses distances et, là, il n'avait pas encore eu son compte.

Au fond, il savait que rentrer n'était pas la solution à ses problèmes. Il n'allait pas fuir, fuir encore, fuir toujours. À Paris, il voulait se trouver ailleurs ; ailleurs, il ne souhaitait qu'une chose, retrouver Paris.

Après le déjeuner, Sébastien croisa Botul lors de la promenade. Le regard du philosophe ne trahit aucun étonnement, comme s'il trouvait normal que son assistant restât.

Décidément, cet homme le troublait ! Sébastien avait l'impression que Botul lisait en lui comme à livre ouvert.

*

Quitte à rester, autant se rendre utile. Sébastien demanda à Botul en quoi il pouvait l'aider dans sa mission.

En réalité, Botul n'avait nul besoin d'un assistant. Un Sancho Pança ? Pour quoi faire ?

Mais pour ne pas désespérer le jeune homme, il le chargea tout de même d'une tâche : vivre, profiter, découvrir, ouvrir les yeux, les oreilles, respirer…

– *Fais ce que voudras.*

Sébastien accepta volontiers. Mais aussitôt Botul eut une idée.

– Avez-vous entendu parler de l'énigme des sept ponts de Königsberg ?

Sébastien hocha négativement la tête.

Botul saisit un bout de papier et un crayon de bois, griffonna prestement un croquis et lui tendit la feuille.

On y voyait les deux îles de Königsberg – par conséquent celles de Nueva Königsberg également – reliées par les sept ponts qu'il avait pris soin de numéroter.

– Voilà. L'énigme est la suivante : « *Peut-on faire une promenade en parcourant chaque pont une fois et une seule ?* »

Sébastien lui lança un regard inquiet ; il subodorait le piège.

Mais c'était sérieux. Kant lui-même s'était échiné à trouver la solution à Königsberg sans y parvenir. Peut-être Sébastien aurait-il plus de chance ici à Nueva Königsberg ?

Il promit au maître d'essayer.

On le sait, Botul aimait rien de moins que les missions dites impossibles. C'était donc à ses yeux le plus beau cadeau qu'il pût offrir à Sébastien.

*

Botul, dans la Troisième Causerie, aborda les choses sérieuses.

Une objection de taille venait contredire l'hypothèse de la chasteté.

Le premier impératif de la morale kantienne : « *Agis comme si la maxime de ton action devait être érigée par ta volonté en loi universelle.* »

Botul prouva que si l'on appliquait ce principe à la vie sexuelle, alors la chasteté était tout aussi inadéquate que le meurtre puisque, si tous les humains la pratiquaient, ce serait la fin de l'espèce.

Une objection qui se trouva renforcée par un autre principe affirmé par Kant selon lequel « *tout organe existe en fonction d'un but qu'il doit remplir* ». L'homme devait donc utiliser ses organes sexuels sous peine d'être en contradiction avec les lois de la nature.

Reste que, pour Kant, il n'était pas question d'égalité des sexes.

Qu'on en juge par ces quelques phrases :

« *J'ai peine à croire que le beau sexe soit capable de principes.* »

« *Le rire est viril ; les pleurs sont féminins.* »

« *Bien des femmes abusent de l'autorisation qui leur est donnée d'être ignorantes.* »

« *Il est facile d'analyser l'homme ; la femme, elle, ne trahit pas de ses secrets tout en gardant fort mal celui des autres (à cause de son bavardage).* »

Un mouvement d'humeur féminin gagna l'assistance, que Botul s'efforça de contenir.

Surtout ne pas juger trop vite le philosophe. Car il se situait dans une tradition philosophique qui considérait que l'activité de philosophe n'était pas compatible avec la vie de couple.

La plupart des philosophes sont restés célibataires. Au XVIIe siècle : Descartes, Spinoza, Pascal, Leibniz, Malebranche, Gassendi, Hobbes. Au XVIIIe siècle : Voltaire, Hume ou Kant. Diderot en revanche se fit mettre la bague au doigt.

C'est peu de dire que Kant n'était pas pour la vie de couple : « *On prouverait difficilement que les personnes devenues très âgées aient été la plupart du temps mariées.* » Selon lui, le mariage épuisait les forces vitales. Pas uniquement l'acte sexuel, mais toute la vie conjugale : « *Le noir souci, la discorde et le dégoût règnent au foyer.* »

Botul termina son discours sur ce coup de cymbale tonitruant.

*

Après cette causerie, le mari devint un loup pour la femme. Et réciproquement. Pas sûr que les couples se soient donné l'accolade avant de dormir.

Dès le lendemain, la question du bien-fondé du mariage s'invita au centre des débats.

Soit l'on proscrivait tout rapport sexuel et, alors, le mariage avait-il encore un sens ?

Soit la sexualité était autorisée, mais pour autant l'institution du mariage valait-elle la peine d'être conservée ?

Il convenait de tout revoir.

Les hommes se lancèrent dans une défense et illustration de la polygamie ; les femmes défendirent la polyandrie, et globalement tous s'accordèrent sur l'union libre… Bref, tout sauf le mariage puisque l'on était au moins sûr d'une chose, c'est que Kant ne s'était pas marié.

Sébastien suivait ces débats avec un air goguenard.

– Et *quid* des enfants ? lança-t-il pour jouer encore au trouble-fête.

Une nouvelle fois, sa tentative de déstabilisation échoua.

Les enfants ? Les enfants ont-ils nécessairement besoin d'un père et d'une mère ? Rousseau n'avait-il pas mis les siens à l'assistance publique ?

Tout le monde convint que ce n'était vraiment qu'un détail.

*

Au fil des jours, Sébastien revit Sofia. Il la raccompagnait souvent à la fin de sa classe, échangeant avec elle de suaves banalités à l'ombre des vanilliers en fleur. Conjuguées uniquement au présent.

Car chaque fois que Sébastien tentait d'évoquer le passé ou l'avenir, il se heurtait à un mur, un mur invisible, en fait, car Sofia ne manifestait ni hostilité ni refus. Tout se passait plutôt comme si elle avait tout oublié du passé et n'envisageait aucun avenir.

Comme si Nueva Königsberg s'était construite en faisant table rase de l'avant et de l'après.

*

Ce fut comme une illumination. C'était évident. Tellement évident que Sébastien ne l'avait pas vu. Comme dans *La Lettre volée*.

Jusqu'à présent, dans son nouvel environnement, Sébastien n'avait entendu parler que de sexe, de mariage, d'enfants. Et pas une fois le mot « amour » – ni même ses dérivés comme « affection », « sentiment », « attachement » – y avait été associé.

Comme si ce mot et le concept même n'existaient pas à Nueva Königsberg.

V

Le sens de l'amour – Les errances de la raison et l'entêtement des grillons : Quatrième Causerie – Magie du cinématographe – Dialogues platoniciens et platoniques – Le charme discret de la raison pure

Sébastien et Sofia s'arrêtèrent sur un pont, silencieux, contemplant le reflet du ciel fauve sur la surface du lac. À un moment, les nuages y dessinèrent la forme d'un cœur. De façon si furtive que Sébastien ne sut pas si Sofia s'en était rendu compte.

C'est ce moment-là qu'il choisit pour se lancer.

– Dis-moi... Vous n'employez jamais le verbe « aimer » ici ? Je voulais savoir si...

Sofia lui sourit.

– Si on le ressent ?

– Oui.

– Mais pourquoi voudrais-tu qu'on l'utilise ? L'amour est un sentiment humain sur lequel il n'est pas nécessaire de pérorer, tu ne crois pas ? A-t-on besoin d'utiliser le mot pour éprouver la chose ? Je ne pense pas. Et puis, ne dit-on pas que plus on l'utilise, moins on le ressent ?

– Donc cela vous arrive... Je veux dire...

Sofia éclata de rire.

– Tu nous prends pour des pithécanthropes ou des machines de La Mettrie ? C'est l'effet qu'on te fait ?

– Non, non…, se défendit Sébastien. C'est juste que je ne vous ai jamais entendus parler d'amour dans les différentes contributions, alors je me demandais…

– Si nous en étions *capables* ? C'est ça ?

Sébastien acquiesça d'un signe de tête.

– Heureusement encore ! C'est ce qui unit le monde. Il n'a pas besoin d'être prouvé ; il va de soi. J'aime mes parents, j'aime ma sœur Ingrid, j'aime Otto, mon chien, j'aime mes voisins, et puis…

Sofia marqua une légère pause.

– … et puis toi aussi, je t'aime. Je me soucie de toi, je veux que tu sois heureux.

Sébastien sourit.

– Merci, c'est très gentil… Surtout après tout ce que je t'ai fait subir.

Arrivés au bord du lac, ils prirent place sous un saule pleureur que les rayons du soleil couchant habillaient d'or. Sofia trempa ses pieds dans l'eau claire. Une loutre aux reflets d'argent vint lui taquiner la plante des pieds. Un petit jeu s'instaura entre elles. Sébastien pouvait contempler le sourire de Sofia à la surface miroitante de l'eau.

Évidemment, il n'avait pas été convaincu par sa réponse. Mais à quoi bon troubler l'insouciance de cette belle fin d'après-midi en réveillant quelque blessure secrète ? Peut-être Sofia ne connaissait-elle rien à l'amour ? Avait-elle jamais aimé quelqu'un ? Avait-elle éprouvé un amour malheureux ? Avait-elle été aimée ?

Ou bien se pouvait-il qu'elle n'eût pas, à l'instar des autres habitants de Nueva Königsberg, le *sens de l'amour* – comme on dit de certains peuples qu'ils n'ont pas le *sens de l'humour* ?

Aux yeux de Sébastien, Sofia gagna une part de mystère. Une énigme qu'il décida de résoudre avant celle des sept ponts.

*

De son côté, Sofia ressentit quelque chose d'étrange.

D'abord, elle s'étonna de la question de Sébastien. Il semblait ne pas partager sa vision de l'amour. Il avait l'air bizarre. Pour lui, cela évoquait autre chose. Comme s'il cachait un secret, un sentiment insoupçonné par elle qui croyait que l'amour était naturellement partagé par tous. Cela l'effrayait, l'excitait aussi, la poussait à en savoir plus sur le jeune homme : qui était-il ?

Elle savait qu'elle n'avait pas réussi à convaincre Sébastien. Comme s'ils parlaient tous les deux une *langue étrangère*. Mais elle avait senti aussi que son regard avait changé, qu'il attendait autre chose d'elle.

Mais quoi ?

Elle aurait bien aimé qu'il continue de l'interroger pour dissiper le mystère, mais Sébastien n'en fit rien.

Alors elle se rendit à la bibliothèque pour se documenter sur l'amour.

Ce qu'elle y découvrit l'effraya.

*

Quelque temps plus tard, Sébastien trouva enfin un moyen d'y revenir.

– Sofia, tu te souviens de notre discussion l'autre jour ?

– Oui, oui…

– Peut-être suis-je indiscret, mais je voulais aussi te parler de l'Amour…

Il se sentit stupide d'insister.

– … avec un grand A…

Elle sourit pour cacher sa fébrilité.

– Avec un grand A ? Je ne vois pas ce que tu veux

dire. (Par parenthèse, en allemand tous les substantifs sont en majuscules, alors...) Qu'entends-tu par là ? Raconte-moi...

Sébastien était heureux de l'occasion offerte. Il avait besoin de raconter son histoire d'amour avec Pauline, de le maintenir vivant, d'y croire encore. Il prit alors soin de dérouler les choses depuis le début pour bien savourer ce *flash-back* pour Sofia.

– C'était il y a un an environ, quatorze mois exactement...

*

Sébastien revécut son histoire d'amour avec Pauline.

Les bords de Seine, les montées d'escaliers, les essoufflements magnifiques, les courses-poursuites dans Paris la nuit, les projecteurs sur les plateaux de cinéma, les dîners dans les brasseries scintillantes, les rivalités.

Une version en Cinémascope. Avec larges vues de Paris, à coups de travellings enchanteurs, de plans enveloppants et caressants, de séquences fluides et de zooms où l'émotion irradiait l'écran. Il fit aussi jouer les cordes sensibles dans la bande-son. Mais par-dessus tout, réussissant même à éclipser Paris, il y avait Pauline, Pauline au grain de peau soyeux, lumineuse avec son maquillage parfait.

Il se fit aussi chef opérateur en Technicolor, ce procédé nouvellement inventé, en déployant toute sa palette de couleurs, remontant leur film, n'en gardant que les moments intenses. Il opta pour une fin sublime.

Un *happy end* ? Mieux que ça.

Il proposa un *happy sad end* comme seul Hollywood savait les produire, dans *Casablanca* par exemple qu'il avait vu quelques années auparavant. Où les amants sont séparés, où, justement parce que le destin les désunit, l'amour peut triompher du temps.

« *We'll always have Paris* », se disaient les amants de *Casablanca* sur le point de se séparer.

Nous aurons toujours Paris.

Cette tirade lui arrachait chaque fois des larmes douces-amères.

Même s'il ne serrait plus jamais le corps de Pauline, lui aussi aurait toujours Paris. Et les moments de bonheur fou passés avec elle.

*

Sofia sentit son trouble.

Alors qu'il pensait qu'elle allait lui dire que tout allait s'arranger avec Pauline, elle assena :

– Tout ceci n'est qu'une illusion, rien de plus. C'est en toi. Tu vas oublier cela.

– Comment ?

– Tu sais, ce que tu appelles l'Amour avec un grand A n'existe pas.

*

DE L'AMOUR
(Dialogues platoniciens et platoniques)

SOFIA

Pourquoi continues-tu de louer un sentiment qui te fait tant souffrir ?

SÉBASTIEN

Mais parce qu'il procure aussi de très belles sensations ! Une vie sans amour ne vaut pas la peine. Quand on aime, on a l'impression d'exister, tout est plus grand, plus fort.

Sofia

Je pense au contraire que c'est une illusion. L'amour échappe totalement à l'être humain. J'ai lu comme toi des histoires d'amour. Qu'y voit-on ? Que l'amour est sublime dès lors qu'il est impossible ; quand il devient possible, il s'évanouit comme par enchantement. Pourquoi les contes se terminent-ils toujours par : « Ils vécurent heureux et eurent beaucoup d'enfants » ? Jamais aucun d'eux ne raconte ce prétendu bonheur…

Sébastien

Oui, mais ça c'est dans les livres…

Sofia

Crois-tu que ce soit différent dans la vie ? On aime à la folie lorsqu'il y a un obstacle, mais l'amour se délite très vite. Il ne résiste ni à l'espace ni au temps.

Que le couple soit séparé, et l'amour s'efface. « Loin des yeux, loin du cœur », n'est-ce pas ce qui se dit ? Et puis, c'est un sentiment qui se dissout tout aussi facilement dans le temps. La quotidienneté, l'habitude, la routine tuent l'amour, le rendent impossible.

Donc pourquoi accorder foi à quelque chose qui ne peut pas exister dans le temps ni dans l'espace, pour nous qui vivons *nécessairement* dans ces deux dimensions ?

Sébastien

Peut-être as-tu raison. Cela étant, je préfère vivre avec cette illusion que ne rien vivre du tout. Tu sais, il y a quelque chose de beau aussi dans le fait de souffrir pour quelqu'un qu'on aime.

Sofia

Bien sûr, libre à toi de souffrir si tu l'entends. Mais je n'y verrais rien à redire si cette illusion n'avait pas quelque chose de néfaste et de dévastateur.

Sébastien

Ah bon ? Comme tu y vas ! Néfaste et dévastateur ?

Sofia

Laisse-moi t'expliquer. L'amour que tu ressens est unique, c'est bien cela ?

Sébastien, *presque méfiant*

Ben… oui.

Sofia

Il est profond, durable, intense ?

Sébastien

Mouais.

Sofia

Lorsque tu es vraiment amoureux, tu m'avoues ne voir que la personne aimée. Plus rien n'existe donc autour ?

Sébastien

Non !

Sofia

Ton amour fait passer tout le reste au second plan ou dans la trappe de l'oubli, il se fait au détriment de l'amour que tu pourrais – et que tu devrais – porter à ton prochain, quel qu'il soit.

Sébastien

Mais…

Sofia

Il est égoïste, il est ainsi la source de tous les malheurs du monde…

Sébastien

Tous les malheurs du monde… Comme tu y vas ! Tu ne crois pas que tu exagères ? Ce ne serait pas plutôt le manque d'amour qui fait courir l'humanité à sa perte ?

Sofia

Pas du tout. Je n'exagère pas. C'est la vérité. Dis-moi, l'amour absolu que l'on porte à son amant est plus fort que celui que l'on porte à son cousin, non ?

Sébastien

Oui. C'est évident.

Sofia

… Qui à son tour est plus fort que celui que l'on peut éprouver pour son voisin, à son tour plus fort que celui pour l'habitant de la ville à quinze lieues, lui-même plus fort que celui pour le citoyen d'un autre pays, etc.

Sébastien

C'est évident. Je ne vois rien à redire à ça…

Sofia

Pourtant, voilà ce qui fait que le sentiment amoureux nous éloigne toujours un peu plus de l'universel.

N'as-tu jamais pensé que toutes les guerres sont davantage le fruit de l'amour que de la haine ? Ou, plus exactement, que la haine n'est que le revers d'un amour exclusif ? Car on en vient à haïr des gens, non pour ce qu'ils sont en réalité, mais parce qu'ils constituent une menace à ceux que l'on aime le plus, que l'on veut protéger.

Sébastien

…

Sofia

Et sur quoi repose l'amour finalement ? Sur une pure affinité. Nous aimons ceux qui nous ressemblent. C'est le plus petit dénominateur commun. Et, *in fine*, on n'aime que soi lorsqu'on dit aimer l'autre. C'est donc le contraire de l'*universel*. CQFD.

*

Sébastien en resta bouche bée. Que répondre ? C'était d'une implacable logique.

Et puis, cela eut aussi un effet bénéfique sur lui, comme un baume. Le fait de nier toute réalité à l'Amour, de n'en faire qu'un dérèglement de ses propres sens, bref, qu'une illusion, fit son chemin chez lui.

Cela changeait tout. Il se sentit plus léger, libéré d'un sortilège. Si c'était vrai, alors il n'était plus fautif ni maudit vis-à-vis de ce qui s'était passé avec Pauline.

Si l'Amour unique et absolu n'existait pas, alors il était libre à nouveau.

« Un seul être vous manque et tout est *re*-peuplé », avait-il envie de proclamer.

Oui, il sortait d'un mauvais rêve.

Tout ce qu'il avait vécu à Paris lui parut soudain lointain, très lointain. Irréel même.

*

Comment se fait-il que chaque fois qu'on est guéri de l'amour, on n'a qu'une seule chose en tête : retomber amoureux ?

*

Après la promenade, Sébastien aida Sofia à étendre son linge dans le pré derrière le lavoir. La brise chargée des effluves des frangipaniers gonflait les grands draps de lin blanc.

Sébastien se glissa derrière l'un d'eux et proposa à Sofia une séance d'ombres chinoises. Tout ce qu'il avait appris chez les scouts lui revint à l'esprit tandis qu'il entendait les rires de Sofia : cheval, cochon, chien, ours, aigle, chameau…

Une fois la séance terminée, Sofia voulut en savoir plus sur le cinématographe. Elle se demandait comment Kant aurait réagi face à une telle invention.

Évidemment, le philosophe avait traité des illusions, de ce qui nous détourne de la réalité en se posant comme la réalité.

Mais là, la problématique était différente, il s'agissait d'*une illusion qui s'offrait comme illusion*. Passe encore la toute première fois, lorsque les gens ont quitté la salle, effrayés de voir le train fondre sur eux alors qu'il pénétrait dans la gare de La Ciotat. À ses débuts, cette invention possédait indéniablement quelque chose de chamanique. Mais maintenant ? On prenait un ticket, on pénétrait dans une salle noire guidé par une ouvreuse, tout se déroulait sur un écran en deux dimensions, souvent en noir et blanc, on entendait derrière soi le ronronnement du projecteur, la lumière traversait la salle dans un poudroiement palpable…

Et malgré tout, *on y croyait*. On pleurait, on riait, on tremblait.

Comment créait-on cette illusion ? Comment se faisait-il que l'on adhérait ce que l'on voyait, en sachant avec lucidité que ce n'était pas la réalité ?

La réponse était toujours la même : la magie du cinéma.

Et si la magie tenait uniquement au fait que l'on projetait plus de soi que l'on ne recevait ?

– Comme l'Amour avec un grand A, en somme, conclut Sofia.

*

Botul, lors de la Quatrième Causerie, débuta sur ce questionnement : Et si la parfaite régularité de Kant cachait quelque chose ? Si les lubies kantiennes, ce réglage permanent, n'étaient qu'une camisole de force pour éviter de basculer ?

Même si Kant ne s'est jamais répandu sur sa vie privée et ses problèmes de santé – seulement pour signaler sa tendance à la constipation –, il fallait lire entre les lignes.

Au détour d'une phrase, le philosophe faisait allusion à son hypocondrie et à son dégoût suicidaire de la vie.

Oui, Kant était hypocondriaque, atteint par la *Grillenkrankheit*, littéralement la maladie des grillons. Ces « grillons dans la tête », ainsi que la constipation, étaient cause d'une humeur mélancolique que Kant cherchait à cacher.

Botul souligna alors le côté pathologique et obsessionnel du régime de vie kantien. Comme tout hypocondriaque, il passa un contrat avec son mal : il déploya une énergie folle pour rester en bonne santé ; et, *a contrario*, il resta en bonne santé car il se croyait toujours malade.

Mais Botul alla plus loin. Au-delà de cette pathologie, un autre dérèglement guettait Kant. Ce dérèglement, c'était l'imagination, le dérèglement de la raison, la déraison. Et cette folie se nommait métaphysique.

L'homme est toujours tenté d'aller vers la métaphysique comme vers une amante avec laquelle on s'est brouillé. Et cette libido métaphysique mérite une ascèse. Car sans ascèse la raison déraisonne.

C'est pourquoi Kant voulait se prémunir contre ces vagabondages de l'esprit dont la menace était maximale à deux moments de la journée : la sieste et la nuit.

D'où la promenade, ce garde-fou contre la sieste. Pas un jour sans promenade. Une promenade qui n'avait rien de la baguenaude rousseauiste, faite de rêveries solitaires, mais une marche réglée.

D'où aussi ce lever spartiate et militaire chaque matin à cinq heures. Foin de grasse matinée ou de panne d'oreiller ! Lampe veillait et *manu militari* s'employait à réveiller son maître. Cinq minutes plus tard, le philosophe était à sa table de travail.

*

En sortant de la causerie, Sébastien avoua à Sofia qu'il connaissait ces grillons dont parlait Botul. Une sensation horrible qui l'assaillait pour ne plus le quitter pendant plusieurs jours.

Le mal de vivre. Le spleen. Le cafard.

Une poisse dans laquelle on se noie, une solitude énorme que l'on ressent au cœur de la ville.

– Mais comment peut-on être seul dans la ville au milieu de tant de gens ? s'étonna Sofia.

Que répondre ? Le chacun pour soi ?

C'était faussement paradoxal : quand on est seul, on est toujours plus seul dans les villes que dans le désert.

– C’est parce que l’on est toujours en train de courir.

– Courir ? Mais pourquoi ?

– Pour réussir.

– Pour réussir quoi ?

– Réussir sa vie. Réussir les objectifs que l’on se fixe. Bref, atteindre ses rêves…

Sébastien s’efforça de lui expliquer. Sofia ne semblait pas comprendre.

– Tu as bien un rêve, toi aussi, non ?

*

Sofia lui répondit : « *Le ciel étoilé au-dessus de moi et la loi morale en moi.* »

Elle lui expliqua qu’elle ne rêvait de rien justement, qu’elle ne cherchait rien.

Kant l’avait rendue libre. Elle avait tout ici à Nueva Königsberg, le ciel étoilé au-dessus d’elle et la loi morale en elle.

Mais elle voyait bien que Sébastien ne comprenait pas. Que pour lui le bonheur était dans une recherche de quelque chose d’extérieur, une quête perpétuelle.

Pour elle, il ne s’agissait pas de chercher le bonheur. Car il est comme l’horizon, toujours au loin et, par essence, inatteignable. Il s'agissait de se rendre digne du bonheur. Tout le secret était là.

Certains le cherchent dans la religion, la réussite, l'Amour, ou tout ça à la fois.

Mais une vie où l'on recherche quelque chose d'extérieur est une vie vouée à l'échec, une quête permanente et forcément insatisfaite.

Au lieu de cela, il faut être conscient de ses limites, rassuré par la raison au fond de soi et trouver sa voie, en soi, dans l'exercice juste et mesuré de sa propre liberté.

Oh non, cela n'a rien de révolutionnaire ni d'éclatant. Rien de zazou ! Pas de saut périlleux, pas d'effets spéciaux. Rien de spectaculaire ni de cinématographique. Pas de grandes envolées romantiques. Pas d'ivresse.

Mais cela n'a jamais rien produit de sinistre ni de dangereux. Car rien de mauvais ne peut sortir de cette voix amie qui parle en nous tous.

Comme celle de Sofia à présent : chantante, toute en harmonie, sans rien de rigide ni de fermé.

Alors qu'elle déroulait ses phrases, Sébastien se laissa porter par le paysage comme s'il le découvrait. Les étoiles commençaient à s'illuminer, les couleurs fauves enflammaient l'horizon.

Sofia avait touché quelque chose au plus intime de lui. Quelque chose qu'il n'avait jamais soupçonné. Une sérénité inconnue l'envahit.

Ce soir-là, Sébastien succomba au charme discret de la raison pure.

VI

Métamorphose – L'insoupçonnable pouvoir des mouches – Vertiges délicieux – Des liquides : Cinquième Causerie – Le vol en ballon et l'échange de fluides

Le regard de Sébastien sur Nueva Königsberg se métamorphosa. Jusqu'à présent, il lui avait manqué une clef pour comprendre ; le détail qui changeait l'ensemble du tableau.

Là où il n'avait vu qu'uniformité, il commençait à percevoir des nuances. Il ressentait cet équilibre comme une force, et non plus comme du surplace ou une froide mécanique. Ainsi les plats ne lui parurent-ils plus aussi fades, il y décelait toute la finesse d'équilibre, la maestria de leur composition si parfaite et pourtant insoupçonnée.

Là où tout était ordonné, les jardins, les maisons, les intérieurs, les rues, il lisait maintenant l'intention d'harmonie. Il décodait désormais toute la subtilité des relations compassées entre les habitants.

Il se mit à éprouver ce délicat plaisir qui naît de la fadeur et ouvre toutes les perspectives, rendant disponible à tous les possibles.

Oui, tout changea autour de lui.

Aussi le regard qu'il portait sur Sofia évolua. Elle se métamorphosa sous ses yeux.

Sa voix qu'il jugeait monocorde et sans relief, il en captait maintenant toutes les nuances. Des harmonies nouvelles, inconnues de lui, émergèrent de son timbre.

Son regard qu'il trouvait vide, inhabité, inexpressif, il le voyait désormais changer au fil de leurs discussions.

Il en fut de même pour sa démarche, sa silhouette, sa peau.

Sofia prenait enfin vie sous ses yeux.

Elle lui restait toutefois foncièrement *étrangère*, tant leurs points de vue étaient inconciliables. Et puis elle n'était vraiment pas son genre

Tiens, pensa-t-il, comme dans les comédies sentimentales américaines, lorsque deux héros que tout sépare… L'idée le fit sourire. Et réfléchir.

Commençait-il à ressentir quelque chose – de l'amour, du désir – pour elle ?

Non, au mieux une forme de curiosité, une envie légitime de percer un mystère.

*

Sofia lui fit partager sa vision du monde.

La réalité n'existe pas en dehors de nous, lui expliqua-t-elle. Ou plus exactement elle existe, mais elle est hors de notre portée à nous autres, êtres humains. Les choses en soi – les *noumènes* – nous sont inaccessibles, ils ne nous parviennent que par le biais des formes *a priori* de notre sensibilité que sont le Temps et l'Espace.

Sébastien fronça les sourcils. Il n'était pas sûr de comprendre. Sofia prit les lunettes de Sébastien.

– Qu'est-ce que tu vois ?

Sébastien, qui était myope comme une taupe, dut admettre qu'il ne voyait absolument rien. Devant lui Sofia pouvait tout aussi bien être un hippopotame.

– Merci ! Quel compliment !

Elle lui remit les lunettes sur le nez.

– Voilà. Et maintenant, tu peux percevoir les choses. Je suis redevenue Sofia. Ou du moins je l'espère. Ces deux verres sont respectivement le Temps et l'Espace. Car le sens du temps et celui de l'espace ne sont pas extérieurs, ils sont en toi.

– Et alors ? Quelle importance ?

– C'est peut-être un détail, mais ça change tout. Ça veut dire que la réalité ne nous vient pas de l'extérieur, mais que c'est nous qui la construisons. C'est ce que

Kant a appelé la *révolution copernicienne*. Nous ne subissons pas la réalité, c'est nous qui la produisons.

Un déclic s'opéra chez Sébastien. Un nouveau sentiment de libération. Lui qui avait toujours eu l'impression de subir la dure réalité sentit confusément qu'il lui devenait possible de prendre sa revanche sur elle.

Un temps il resta perdu dans ses pensées, puis, comme sortant d'un rêve, il demanda à Sofia :

– Et la *chose en soi*, c'est quoi alors ?

– Je n'en sais rien justement. Mais je vais quand même te donner une image.

Elle lui parla du *couteau sans manche qui a perdu sa lame*.

– Lorsque je te dis cette phrase, tu vois bien un couteau ?

– Oui.

– Et pourtant tu ne peux pas t'en saisir. Et tu peux encore moins couper un morceau de pain ou perpétrer un meurtre.

Ce *couteau sans manche qui a perdu sa lame* lui procura le vertige.

Un flottement enivrant entre être et non-être, un vertige délicieux.

La réalité, *sa* réalité, changeait de visage.

*

Jusque-là il n'y avait pas prêté attention. Pour Sébastien, ce ne fut pas l'effet papillon, mais l'*effet mouche*. Deux petites mouches sur le visage de Sofia.

Une au coin de la bouche, une autre sur la fossette gauche. Dans le langage du XVIIIe, on appelait ces mouches la *Baiseuse* et l'*Enjouée.*

Dès lors, le visage de Sofia s'agença différemment dans l'esprit de Sébastien. Ses traits ne paraissaient plus aussi stricts, ils s'animaient dans une série de subtils changements.

*

Sébastien, que les causeries botuliennes avaient jusqu'alors laissé de marbre, en vint progressivement à s'intéresser à la question. Comme si l'issue des débats le concernait.

Du coup, il se demanda pourquoi il fallait *nécessairement* que la question reçoive une réponse tranchée.

Il s'en ouvrit au philosophe.

– Chacun ne peut-il pas faire comme il le souhaite

librement ? Que ceux qui au sein de la communauté veulent avoir des relations sexuelles s'y adonnent, et que ceux qui les refusent s'abstiennent ? Ce serait bien plus simple, vous ne croyez pas ?

Botul se frotta le menton.

– Hum… Mais pensez-vous que cela se passerait ainsi ?

Sébastien haussa les épaules.

– Ben… oui, comme chez nous…

– Ah bon ? N'avez-vous jamais entendu parler de la misère sexuelle ? Pensez-vous vraiment que notre système occidental – « chez nous », comme vous dites – soit satisfaisant ? N'avez-vous jamais entendu parler des livres de Welbeck ? Et, dans votre hypothèse, que faites-vous de ceux qui, souhaitant s'adonner à la vie sexuelle, se trouvent *de facto* exclus, faute de partenaire consentant ? Sont-ils libres, ceux-là ?

– Eh bien… certains pourraient… se mettre au service des autres en se…

– … prostituant ?

– Oui… même gratuitement…

– Ce serait une solution, certes. Mais elle présente un inconvénient de taille. Elle contrevient à la deuxième maxime morale de Kant : « *Fais en sorte de ne jamais prendre l'autre comme un moyen mais comme une fin.* »

Une des clefs de voûte de l'édifice kantien. Parce que – par définition – ce que l'on cherche chez un ou une prostituée n'est que le *moyen* d'assouvir son propre désir.

– Sauf si le ou la prostituée le fait *juste* par amour, rétorqua Sébastien.

Mais avant même d'avoir terminé sa phrase, Sébastien se rendit compte de son absurdité. Botul savait le manœuvrer !

Le maître eut pourtant le succès modeste.

– Peut-on encore considérer comme prostituée une personne qui ferait l'amour *uniquement* par amour ?

Bref, Botul prouva à un Sébastien dépité que, sous l'angle kantien, il n'existait qu'une seule alternative possible :

– Soit la chasteté *librement* acceptée par tous ; soit l'*union libre* de tous, c'est-à-dire sans attache d'aucune sorte qui priverait les autres de leur liberté.

Ce qu'il résuma déployant toute sa virtuosité synthétisante par :

— Bref, c'est ceinture *ou* débauche.

*

Guide touristique d'un genre particulier, Sofia dévoilait à Sébastien, avec une infinie patience, toutes les richesses de l'*architectonique* du système kantien. Sous ses yeux, Sébastien voyait se déployer un édifice où tout se tenait, tout avait sa juste place, tout était le fruit d'un équilibre.

L'ensemble devint limpide et lui parut étrangement familier. Comme s'il avait déjà cette connaissance en lui.

Rétrospectivement, il eut honte des feuilles stupides qu'il avait écrites sur Kant, ces saynètes façon *slapstick*. Il les mit au feu sans regret.

*

Sofia avait sorti Sébastien de son *sommeil dépressif*, il vivait aussi à son tour sa *révolution copernicienne*.

Il n'allait plus subir l'éloignement de Pauline, il allait la reconquérir.

Il prendrait les choses en main, deviendrait un grand réalisateur, ferait de beaux films, raconterait de spectaculaires et émouvantes histoires.

D'ailleurs, les idées de films jaillissaient comme d'un geyser.

Dès qu'il avait le temps, il griffonnait quelques bribes de synopsis, voyant chaque fois le film naître sous ses yeux. Il savait qu'il tenait là des idées puissantes et séminales.

Il pensa à un film qu'il intitulerait *La Tulipe mauve de Macao* où, pendant la Grande Dépression, une jeune femme s'échapperait de sa réalité modeste et de son mariage raté grâce au cinéma. Elle adorerait les films à l'eau de rose, les films mêlant aventure et sentiments. Elle ne se lasserait pas de voir et revoir l'un d'eux, intitulé *La Tulipe mauve de Macao*. Un jour, le héros descendrait de l'écran et lui déclarerait son amour…

Il eut d'autres idées : *La Grande Débrouille*, une comédie sur l'Occupation avec deux hommes en fuite, *Le Fabuleux Destin de Pauline Dupont* (qu'il destinait évidemment à Pauline), *Wolfgang*, une histoire de rivalité mettant aux prises deux musiciens ; *Out of Australia*, une romance sous le ciel d'Australie ; *Sur la route de Charleston*, une histoire d'amour pudique à partir de lettres retrouvées…

*

Pauline,

Ça y est, j'ai changé. Celui que tu as connu n'est plus.

Ah, tu verras, tu verras !

L'air du Paraguay m'a donné un coup de fouet.

J'ai un tas de projets pour toi, j'ai hâte de rentrer.

Je te pardonne de m'avoir quitté, je te remercie même. Peut-être fallait-il que tu m'humilies comme tu l'as fait pour qu'enfin je comprenne.

Je ne t'en veux plus car je vais te reconquérir.

Ah, tu verras, tu verras !

Je t'embrasse,

Sébastien

*

Sébastien était reconnaissant de ce que Sofia avait fait pour lui et souhaitait la remercier.

En lui offrant quelque chose ?

Certainement pas.

Aurait-il même eu sous la main un diamant aussi gros que le Ritz que cela n'aurait eu aucun sens à Nueva Königsberg.

Plutôt en partageant quelque chose avec elle.

Il chercha et, au beau milieu de la nuit, il sut qu'il avait trouvé.

*

Le lendemain matin, au lieu de rejoindre Sofia à l'école comme il en avait l'habitude, Sébastien se rendit à la bibliothèque. Grâce aux conseils avisés du bibliothécaire, il ne mit pas longtemps à trouver.

Muni de son document, il alla à la manufacture. D'abord, aidé d'un tisserand, il confectionna une grande enveloppe en tissu de couleurs vives. Ensuite, il se dirigea vers l'atelier de ferronnerie où, avec l'aide des artisans, il mit au point un brûleur. Et, enfin, il passa à l'atelier de vannerie où il fabriqua une nacelle en osier. Il insista pour qu'elle puisse soutenir le poids de deux personnes.

Sébastien transporta le tout sur un chariot et monta son ouvrage dans le champ qui se trouvait entre l'école et la maison de Sofia.

Il arrima la nacelle à un cerisier, mit du combustible dans le brûleur et craqua une allumette.

Aussitôt l'enveloppe de tissu se déplia et prit la forme d'un immense ballon.

*

À la sortie de l'école, Sofia chercha Sébastien. Il n'était pas venu de la journée. Elle l'avait attendu à midi pour un pique-nique avec les enfants. Elle essaya de ne pas y penser, mais le fait même qu'elle se persuadât de ne pas y penser ramenait ses idées vers son ami. Lui serait-il arrivé quelque chose ? s'inquiéta-t-elle.

Elle quitta plus rapidement l'école qu'à l'accoutumée et voulut rentrer chez elle. Au moment où elle allait couper à travers champs, elle s'arrêta.

Elle vit d'abord un gros ballon aux couleurs vives qui semblait flotter dans l'air.

Un aérostat.

Comme celui qu'elle avait déjà aperçu dans un carnet de Kant.

Puis elle aperçut Sébastien qui se tenait là, au beau milieu des cerisiers en fleur, un fier sourire aux lèvres.

– Si Madame veut bien se donner la peine de monter.

Courtois, Sébastien aida Sofia à prendre place dans la nacelle.

*

Lorsqu'ils quittèrent le sol, Sofia prit peur mais très vite, oubliant son vertige, elle fut saisie par la beauté du spectacle. Alors qu'ils s'élevaient, Nueva Königsberg s'étendait sous leurs yeux. Ses proportions en forme de cœur se déployaient à leurs pieds, harmonieuses et parfaites.

Voilà ce que Sébastien voulait offrir à Sofia : un point de vue unique sur Nueva Königsberg.

Et à mesure qu'ils prenaient de la hauteur, le plan de la ville se métamorphosait. Peu à peu, ils s'amusèrent à découvrir des détails cocasses, comme des motifs cachés dans un tapis.

– Regarde ! On dirait un chapeau !

– Et là, tiens, ce sont des yeux…

– Oh, un nez…

– Et là, des cheveux, non, une perruque !

Puis ce fut une évidence. Sous leurs yeux ébahis, ils contemplaient le dessin – le dessein ? – de la ville. Nueva Königsberg n'avait-elle pas la forme du visage de Kant ?

Sofia était subjuguée. Elle en scrutait les moindres détails avec enthousiasme.

Sébastien aussi, mais – était-ce une illusion d'optique ou son esprit mal tourné ? – il lui sembla que Kant tirait la langue. Il n'en souffla mot à Sofia, se refusant à ternir son plaisir.

Car elle était transportée de bonheur, émerveillée de redécouvrir sa terre d'élection.

Souvent Sébastien détournait son regard de la ville pour s'attacher au visage de Sofia. Sa coiffe s'était envolée et ses cheveux blonds flottaient dans l'air. Elle riait. Pour la première fois elle lui parut éprise de légèreté. Ivre d'oxygène et le regard scintillant.

Elle ressemblait à un ange.

Bientôt Nueva Königsberg ne fut plus qu'une tache au loin.

Et, dès que les premiers nuages les enveloppèrent, leur cachant définitivement la vue de la ville, le regard de la jeune femme se voila et son rire perdit de son éclat.

Elle s'accrocha à la nacelle.

– S'il te plaît, ramène-moi.

Plus on s'éloignait de la ville, plus Sofia pâlissait.

Sébastien fut pris de panique, il fallait absolument revenir. Mais, évidemment, il était plus simple de s'élever dans les airs sans but ni direction que de vouloir retourner à terre. Et, à dire vrai, il n'avait pas pensé au retour.

Par réflexe, il éteignit le brûleur.

L'aérostat perdit de l'altitude et fut pris dans une bourrasque. L'orage aussi tonna sa désapprobation.

Sofia s'évanouit alors que l'aérostat était giflé par les rafales de vent, emporté comme une feuille morte.

Petite lueur d'espoir, le vent les ramenait vers Nueva Königsberg, mais Sébastien ne maîtrisait pas la vitesse de son engin. De nouveau, la ville se déploya sous ses yeux dans la lueur du crépuscule.

Cette fois-ci, elle se rapprochait comme une menace.

Ils évitèrent de justesse le clocher de l'église, éraflant dans un bruit sec la tour de Löbenich, et maintenant… le bâtiment carré de la bibliothèque fonçait sur eux.

Sébastien ferma les yeux, se blottit contre Sofia et retint son souffle.

*

Un grand choc sourd. Il faisait sombre. Et froid.

Lorsque Sébastien voulut respirer, il faillit s'étouffer.

Il était sous l'eau.

Il remonta à la surface et avala de grands bols d'air. Kant soit loué, ils s'étaient finalement échoués dans le lac. Mais son soulagement fut de courte durée.

Sofia !

Il partit sous l'eau à sa recherche, se débattit avec son aérostat, véritable méduse géante, tâchant de se dépêtrer des fils.

Pas de Sofia.

Il remonta respirer et replongea aussitôt.

C'est alors qu'il aperçut un léger scintillement dans l'eau sombre du lac. Le sourire de Sofia ! Elle était en train de dériver.

Il l'agrippa et la fit remonter à la surface.

Il réussit à la porter à la nage jusque sur l'île. Là, il l'étendit sur la rive. Quelques réminiscences de cours de secourisme furent les bienvenues. Il saisit Sofia par les hanches, posa ses mains sur sa poitrine et appuya de toutes ses forces. Peine perdue.

Alors, il porta sa bouche à la sienne et souffla, souffla du plus fort qu'il put. Et, ô miracle, il sentit sous ses mains la poitrine de la jeune femme se gonfler.

Il continua le bouche-à-bouche, le corps de la jeune femme reprenait vie. Au moment où sa langue toucha celle de Sofia, il sentit un courant parcourir son échine.

Les paupières de Sofia se soulevèrent. Elle fixait Sébastien.

– C'était beau ! dit-elle, sans que Sébastien sût de quoi elle parlait.

*

Dans la Cinquième Causerie, Botul parla liquides. Sueur, salive et sperme. Tout un programme ! Et celui de Kant se révélait simple : il consistait à conserver ses liquides, il menait une chasse impitoyable au gaspillage.

La sueur d'abord. D'après les observateurs, Kant faisait tout pour éviter de transpirer. L'été, il vivait au ralenti. Et si d'aventure des gouttes perlaient, c'était pour lui une catastrophe.

Ensuite, la salive. Là encore, il ne s'agissait pas de gaspiller cette humeur aux vertus laxatives et digestives reconnues. Il était donc déconseillé de cracher et on recommandait fortement de respirer par le nez et de garder la bouche fermée si l'on se trouvait seul. On pouvait donc en déduire que la pratique du baiser humide n'était pas préconisée.

Et le sperme, enfin. Là aussi il s'agissait de ne pas l'épandre et de le garder comme une énergie vitale. Le coït était donc à proscrire : « *Les hommes âgés célibataires (ou devenus veufs encore jeunes) conservent en général plus longtemps un air de jeunesse que les gens mariés, ce qui paraît indiquer une durée plus longue de la vie.* »

Même remarque pour la masturbation chez les célibataires.

Doublement condamnable au motif qu'elle gaspillait

une énergie vitale et ne faisait que remplir l'esprit de fantasmagories et de fantasmes.

Voilà pourquoi, sa vie durant, Kant décida de garder son sperme.

*

Toute la nuit, Sofia conserva le goût des lèvres de Sébastien comme celui du péché. Une sorte d'instinct lui dit qu'elle se trouvait en danger. Elle prit peur, but des litres d'eau claire. Mais le mal n'était-il pas fait ? Elle n'avait pas repoussé Sébastien…

Elle ne trouva plus le sommeil.

Sébastien, de son côté, se retournait aussi dans son lit, peinant à s'endormir. Quelque chose le gênait. N'avait-il pas insisté plus que de mesure sur le bouche-à-bouche ? Où s'était terminé le sauvetage et où avait commencé le désir ? Elle-même l'avait-elle ressenti ? Ce dérapage allait-il tout gâcher ?

Et de fait, durant la causerie, il avait détecté une lueur de remords dans les yeux de Sofia. Il lui sembla qu'elle évitait son regard. Il l'avait cherchée à la sortie, mais elle avait disparu.

VII

Évitements réciproques – Les mots à la bouche –
Blasons de Sofia – Le secret des fleurs –
Rhapsody in blue – Pluie sensuelle –
La crise et le sublime : Sixième Causerie

Le lendemain, pour éviter de croiser Sébastien, Sofia décida de ne pas suivre son itinéraire habituel. Elle fit un large détour, empruntant le chemin du lac vers la bergerie…

Ce matin-là, Sébastien eut l'intuition, après ce qui s'était passé la veille, qu'il valait mieux ne pas importuner Sofia. Contrairement à l'habitude, il se mit en tête de faire un crochet pour se rendre à la manufacture. S'il passait par le pont via la bergerie, puis longeait le bord du lac, il n'aurait aucune chance de la croiser…

Mauvaise pïoche.

C'est elle qui le vit en premier. Un court instant, elle pensa s'esquiver. Mais il arrivait vers elle, le front soucieux, le regard triste, la démarche traînante ; il n'avait vraiment rien du diable qui avait hanté ses pensées nocturnes ! Et puis il fallait assumer le hasard qui le mettait sur sa route. Rien n'est coïncidence.

Lorsqu'il l'aperçut, passé le moment de surprise, il vit avec soulagement qu'elle ne lui en voulait pas.

Tous deux poursuivirent leur route ensemble, échangeant leurs points de vue sur le hasard et la nécessité. Après un court moment de gêne, ils retrouvèrent naturellement le chemin de leurs désaccords.

*

La grande frayeur qu'elle avait ressentie s'estompa.

Elle se raisonna. Rien ne ressemblait à l'enfer attendu, aux orages escomptés.

Pas de dérèglement à l'horizon, ni rien d'exclusif. Alors que, d'après ce qu'on lui avait dit, la maladie d'amour renfermait sur soi. Elle, au contraire, se trouvait ouverte à tous, animée par une force altruiste : vis-à-vis de ses parents, de sa petite sœur Ingrid, d'Otto son chien, de ses élèves…

Elle en fut soulagée : ce n'était donc pas de l'amour.

Pour achever de se convaincre, elle se rendit à la bibliothèque et parcourut les encyclopédies à la recherche de ce qu'elle ressentait.

Elle découvrit qu'il s'agissait sans l'ombre d'un doute de « camaraderie » pour celui qui avait partagé une aventure et un secret avec elle ; de « reconnaissance » pour celui qui lui avait fait voir Nueva Königsberg autrement ; de « gratitude » pour celui qui l'avait sauvée d'une noyade certaine ; d'« amitié » pour celui avec qui elle partageait promenades et discussions… Bref, rien que des sentiments *raisonnables* et *naturels* où l'amour n'avait pas sa part.

C'était rassurant de pouvoir mettre des mots aussi consolants sur ce qu'elle éprouvait !

Alors il ne fut plus question d'éviter Sébastien, mais au contraire de partager les derniers moments qu'il leur était donné de vivre ensemble, d'échanger le plus possible, puisque tôt ou tard Sébastien retournerait à Paris.

*

Sébastien aussi se leva de joyeuse humeur. Maintenant, il dormait comme un bébé. Les grillons avaient disparu. Le silence nocturne ne le réveillait plus mais berçait son sommeil. Finalement, il appréciait le mélodieux ressac du lac et le timbre de voix des habitants le reposait.

Tout était devenu agréable.

La promenade quotidienne et muette n'était plus une corvée : c'était un besoin !

Il se sentait requinqué. Il pourrait bientôt retourner à Paris, tout neuf, régénéré. Maintenant qu'il savait que c'était une question de jours, Sébastien était décidé à profiter pleinement de son séjour.

Chaque matin, il se levait gaillardement à cinq heures. Sans se faire prier. Il allait, en sifflotant, aider aux champs, manipulait les lourdes planches du menuisier, s'empressait de porter galamment le linge des lavandières, assistait à des lectures de Kant..., le tout ponctué évidemment par des promenades avec Sofia.

Une délicieuse routine où, à la manière d'un danseur qui répète une chorégraphie, il avait l'impression de s'améliorer toujours un peu plus.

Sébastien en était même venu à apprécier les fameuses synthèses, trouvailles qu'il considérait maintenant aussi cocasses et poétiques que « la rencontre fortuite entre un parapluie et une machine à coudre sur une table de dissection », célèbre phrase de Lautréamont devenue credo esthétique des surréalistes.

Bref, pour lui, le temps s'écoulait ici comme dans un rêve, sans nostalgie du passé ni peur de l'avenir, dans un présent aux allures de kaléidoscope : la répétition du même, mais toujours différent.

*

Comme deux amis, Sébastien et Sofia échangeaient sur tous les sujets. Plus de franches oppositions, juste la découverte de l'autre, de deux mondes lointains mais complémentaires.

Si Sébastien devint imbattable sur Kant, dont il savourait davantage la virtuosité et le sens de l'équilibre, Sofia découvrit toutes les subtilités de l'éthique des zazous : leur crinière frisée alors que l'occupant avait partout imposé les cheveux courts, le *swing* comme vision du monde, leurs actes de rébellion contre les salauds de nazis, leurs soirées au *Tabou* ou à la terrasse du *Boul' Mich*, leur parapluie brandi comme un totem quel que soit le temps…

Ils réussissaient même à jeter des ponts entre leurs deux mondes.

– Au fond, lui dit Sofia en souriant, la raison joue pour nous le même rôle que ton parapluie de zazou. Tu peux t'appuyer dessus, il te protège de la pluie et, surtout – comme je l'ai compris –, c'est un *appui imaginaire* qui te fait à la fois te sentir différent et appartenir à une communauté. Oui, nous aussi on s'appuie sur la raison pour vivre droitement et se montrer dignes du bonheur. Elle nous protège des intempéries de la déraison ; c'est elle qui nous fait nous sentir différents des bêtes et des barbares, fait des membres de la confrérie des hommes doués de raison.

Ils se remémorèrent aussi leurs premières rencontres. Une question la taraudait :

– Qu'as-tu pensé de moi la première fois que tu m'as vue ?

– Franchement ? s'amusa Sébastien.

Et il lui dit tout le mal qu'il pensait d'elle à l'époque.

Ça tombait bien, elle en avait autant pour lui !

Cela les fit rire.

Ils parlèrent de sexe aussi, comme deux amis. Elle lui avoua que c'était avec lui qu'elle voudrait le faire si cela devenait la règle de la communauté.

Dans cette hypothèse, elle chercha à connaître quelles étaient ses inclinations en la matière.

Avec une ingénuité touchante – et d'autant plus excitante pour Sébastien ! –, elle s'enquit de savoir s'il aimait la fellation, toucher les seins, ce que cela faisait de bander, à quoi ressemblait le plaisir sexuel, ce qu'il préférait chez les femmes…

Lorsque tous les deux se livraient à ce badinage platonique, Sébastien s'arrangeait pour rester allongé dans l'herbe, retardant le moment du départ, dans l'attente que son priapisme refluât.

*

Un jour, alors qu'elle avait retiré ses sabots et qu'elle trempait ses pieds dans l'eau claire d'un ruisseau, elle lui demanda, sans la moindre malice :

– Tu penses quoi de mes pieds ?

Sébastien lui dit qu'il les trouvait charmants. Elle voulait en savoir plus.

– Et mes chevilles ? Mes cuisses ? Mes fesses ? Mes hanches ? Mes seins ? Mes mains ? Mon visage ? Mes lèvres ?

Comment résister à la tentation alors que palpitaient, à quelques centimètres seulement, les lèvres de Sofia, des lèvres innocentes qui prononçaient tant de mots incandescents ? C'était de l'héroïsme, reconnut modestement Sébastien.

Sofia n'était pas belle, elle était mieux que cela ; et Sébastien dut admettre qu'après l'avoir *totalement* détestée, maintenant il la désirait *entièrement*.

*

Oui, comment faisait Sébastien pour ne pas céder à la tentation de l'embrasser, de profiter de cette situation propice ?

En fait, une petite voix le lui déconseillait.

Elle lui disait que, tant qu'il ne prenait pas d'initiative, il demeurerait aux yeux de Sofia un prince charmant. Qu'il s'avisât de l'embrasser, et il se transformerait en ce qu'il était : un pauvre crapaud dépressif.

*

À partir de ce moment, Sébastien commença à se passionner pour les causeries de Botul. Jamais il n'aurait pensé que la philosophie pût l'intéresser à ce point : jusqu'à présent, elle restait cantonnée pour lui à des sujets abstraits, des concepts vaporeux, au mieux à discuter du *sexe des anges*.

Là il s'agissait du sexe d'un ange.

Il chercha bien à en savoir plus sur la conclusion de Botul, tâchant de soutirer à son maître quelque information adventice. Connaître l'issue lui permettrait de bien se préparer. Sans succès.

Peut-être d'ailleurs Botul lui-même n'avait-il pas encore la réponse ? Ou, s'il la connaissait, il ne tomba pas dans le panneau et refusa de se livrer à un si grossier délit d'initié.

– Patience, petit scarabée, ironisa-t-il en prenant un accent de maître shaolin, le cheminement vers la réponse est plus important que la réponse. Et quelque chose me dit que tu es plus intéressé par Sofia que par la *sophia*, la sagesse. Me trompé-je ?

*

Sébastien peina à trouver le sommeil.

C'était à cause des mouches.

Dès qu'il fermait les yeux, il en imaginait une nouvelle, posée sur une partie du corps de Sofia : sur ses chevilles, sa cuisse, son ventre, son sein…

Pour se calmer, il sortit. La lune pleine dans un ciel bleu pétrole laissait couler ses reflets d'argent sur la forêt, comme une nuit américaine.

Nueva Königsberg dormait, enveloppée dans ses draps et dans sa chasteté.

Il respirait fort l'air frais de la nuit quand une musique étrange s'éleva des sous-bois et des marais.

Ce furent d'abord quelques gémissements timides. Puis cela se précisa. Il était cerné. Partout autour de lui, lapins, cerfs, coatis, chevaux, tatous, jusqu'aux coccinelles, flamants roses, cygnes, colibris, libellules, oiseaux de paradis, tous entonnaient un chant d'amour, une bacchanale érotique offerte au ciel.

Il se boucha les oreilles et rentra.

Cette nuit-là, bien qu'il voulût garder toute son énergie vitale, et qu'il se fût scrupuleusement enveloppé à la Kant dans son lit, il produisit pendant son rêve une belle carte du Paraguay.

*

Sébastien se sentit glisser dans la peau d'un héros de comédie romantique. Il vivait de l'intérieur le moment où le personnage se sent tomber amoureux d'une fille qui n'est *pas du tout son genre* – connus par d'autres sous l'appellation de *syndrome de Swann*. L'instant où le spectateur observe, sous l'effet d'une jouissive alchimie, la répulsion se muer en attraction. En attraction d'autant plus irrésistible que le héros aime contre ses goûts, contre ses principes, envers et contre lui-même.

*

Sébastien demanda à Sofia si elle envisageait, un jour, de quitter Nueva Königsberg.

– Mais pourquoi ?

– Je ne sais pas. Pour découvrir autre chose. Te sentir libre…

Au regard de Sofia, Sébastien comprit aussitôt que sa question n'avait pas de sens.

– Libre ? Mais je suis parfaitement libre ici.

Sofia lui expliqua que la liberté, telle qu'il la concevait, n'était qu'une illusion.

– C'est comme l'oiseau qui pense qu'il ferait de plus belles figures si l'air ne le freinait pas, ne l'empêchait pas d'évoluer *comme bon lui semble*. Ce qu'il ignore, c'est que c'est précisément *grâce à la résistance de l'air* qu'il est à même de voler.

Sofia venait de confirmer ce que Sébastien savait déjà : elle ne pourrait *jamais* quitter Nueva Königsberg. Un lien invisible, mais insécable, la reliait à la ville. À bord de l'aérostat, il avait suffi qu'elle en détourne un seul instant les yeux pour que ses forces vitales s'évanouissent. C'était bien plus qu'une ville, c'était son cœur.

*

Sébastien voulait crier son désir à Sofia. Mais comment faire lorsque les mots sont impossibles ? Il se retrouvait comme les troubadours qui, ne pouvant clamer frontalement leur amour, empruntaient la *tangente symbolique*.

Au cours de leurs promenades, Sébastien cueillait des fleurs à la volée et les offrait à Sofia. Il veillait à le faire de la façon la plus anodine possible.

Elle les acceptait sans enthousiasme particulier, se contentant de sourire poliment. Il faut préciser qu'à Nueva Königsberg les fleurs ne présentaient qu'un intérêt purement encyclopédique et taxinomique. Sofia trouvait pour le moins incongru de s'offrir des fleurs, alors qu'elles étaient partout. Il ne lui serait jamais venu à l'idée de les mettre dans un vase. Pour elle, les fleurs se limitaient à un rôle décoratif dans un jardin, une fonction quasi phatique, une manière de souhaiter la bienvenue aux hôtes. Rien de plus.

Le choix de Sébastien en matière de fleurs était réfléchi. Dès son plus jeune âge, il avait toujours gardé en mémoire l'expression de sa mère lorsqu'elle recevait des bouquets des hommes de passage. Il avait appris que les fleurs possédaient leur propre langage, qu'il connaissait d'instinct à présent.

Pour Sébastien, ce fut une façon de communiquer

l'état d'âme de chaque rencontre avec Sofia. *Par-delà les mots*. Il espérait qu'elle serait sensible à ces messages subliminaux.

Chaque fois qu'il lui offrait une fleur, Sofia acceptait sans comprendre. Elle n'avait pas le réflexe de la humer. Toutefois, elle l'emportait délicatement et, sitôt arrivée chez elle, la plaçait consciencieusement dans un herbier. Après vérification dans une encyclopédie, elle inscrivait le nom latin de la fleur en question.

Un jour, pourtant, elle entreprit de le feuilleter. Elle découvrit alors qu'il tenait enfermé entre chaque buvard une odeur différente. Au fil des pages, elles se libéraient, une à une, délivrant l'*essence* de chacune de leurs rencontres.

D'instinct, elle comprit le langage des fleurs.

Elle ne se lassa pas de feuilleter l'herbier, revivant chaque moment dans un vertigineux crescendo.

*

Un soir, face au pont Bernstein – le pont n° 5 du problème –, alors qu'ils baignaient tous les deux dans le poudroiement du jour tombant, Sébastien sortit sa clarinette.

Il égraina quelques notes, fit des gammes. Puis, face au pont luminescent éclairé par des photophores, il lui vint sous les doigts l'air de *Rhapsody in blue* de Gershwin, une mélodie qu'il s'était préparé à jouer pour Pauline à Paris sur un banc des bords de Seine, face au Pont-Neuf.

Mais elle n'était jamais venue.

Combien de fois l'avait-il jouée pour eux deux, dans sa tête ?

Et cette fois-ci il prit un plaisir immense à l'interpréter sous le ciel étoilé de Nueva Königsberg, comme si elle avait toujours été écrite pour être jouée là, dans les teintes grisées du pont illuminé face à la tour de Löbenich.

Cela correspondait à merveille à son état d'âme. Et puis c'était une façon d'offrir à Sofia ce qu'il aimait le plus, sans pour autant la choquer : ce subtil côté jazzy, mais dans une veine universelle. Des accords graves et solennels qui s'entremêlaient à des trilles espiègles et enjoués.

Sofia était sous le charme. Un nouveau monde s'ouvrait à elle. Elle n'avait jamais rien entendu de pareil. Mieux, sa perception entière en fut transformée.

Elle qui n'avait jamais prêté attention à son environnement quotidien, découvrit un paysage chargé de vibrations intenses et inédites : les couleurs, les formes, les odeurs se développèrent. La tête en arrière, elle se laissa porter.

*

Leur promenade les avait menés loin, par-delà les champs, du côté du vallon.

En sortant du bosquet qui abritait dans une moiteur de serre des plantes mystérieuses, ils sentirent les premières gouttes. Voulant rentrer avant l'orage qui menaçait, ils se mirent à courir, mais, dans leur retraite, ils furent rattrapés par la pluie, alors qu'ils traversaient un champ d'herbe douce, ces hautes herbes au goût sucré que les Indiens guaranis utilisaient pour aromatiser leurs breuvages. Sébastien saisit la main de Sofia et ils repartirent de plus belle.

Par là ! Non, par là !

Impossible de s'extraire de ce champ. Ils repassaient sans cesse au même endroit, décrivant toujours les mêmes boucles, incapables de trouver la sortie du labyrinthe qu'ils avaient eux-mêmes confectionné.

Ils furent gagnés par un fou rire alors que le ciel se déchirait d'éclairs aveuglants.

À bout de souffle, ils finirent par s'écrouler dans l'herbe sucrée. Ainsi allongés côte à côte, reprenant leur respiration sous la pluie battante, ils savouraient l'odeur musquée qui s'élevait du sol.

Sébastien avait gardé la main de Sofia dans la sienne.

Les yeux clos, ils se laissèrent caresser par cette douche chaude.

*

Botul, lors de sa Sixième Causerie, leva une hypothèque. On pensait que Kant n'avait jamais connu de crise, que sa vie avait été un long fleuve tranquille. Erreur d'appréciation. Le philosophe avait évoqué une crise existentielle qui pouvait frapper l'individu : l'expérience du *sublime*.

Pour Kant, le sublime c'était « *des rochers audacieusement surplombants et comme menaçants, des nuages orageux se rassemblant dans le ciel et s'avançant au milieu des éclairs et du tonnerre, des volcans dans toute leur puissance de destruction, des ouragans semant après eux la dévastation, l'immense océan soulevé par la tempête, la cataracte d'un grand fleuve* »…

Ouragans, volcans menaçants, immense océan-soulevé par la tempête ? Et Botul de s'interroger : mais où donc Kant avait-il pu voir des choses pareilles, lui qui n'avait jamais quitté Königsberg ?

Botul paria alors sur une expérience intime, celle du sublime sexuel, de la vue du sexe. Oui, vulve, volcan, orage, coup de foudre, puissance de dévastation...

Car l'obscène possède la même ambivalence que le sublime : attrayant et repoussant à la fois. Comme le sublime, l'obscène annonce la perte de soi.

Alors il n'existe qu'un seul remède contre cette perte : se construire un système comme on se construit une armure, une carapace.

Car la Chose, cette fameuse chose en soi qui existe et qu'on ne peut connaître, c'est le sexe, évidemment.

*

Ma pauvre Pauline,

Proust a dit qu'il fallait laisser les belles femmes aux hommes sans imagination. Il avait bien raison.

Oui, tu auras ton lot d'hommes sans imagination. Qui n'auront pas idée de la moitié du millième de ce que je concevais pour nous. Je me doute qu'ils seront aussi très beaux puisque toi non plus tu n'as aucune imagination.

Je ne t'aime plus, et finalement je me demande si je t'ai aimée un jour.

Je ne sais peut-être pas ce qu'est l'amour, mais je sais que nous n'en avons vécu qu'un simulacre.

Je voulais juste te dire que tu étais fausse et que tu avais toujours mal simulé avec moi.

Mais ne t'inquiète pas, cela ne t'empêchera pas de mener une grande carrière.

C'est tout ce que je te souhaite.

Amicalement.

Sébastien

VIII

La crise – Oublier Sébastien – La reproduction des philosophes : Septième Causerie – Dérèglements progressifs du désir

Au matin, le ciel s'étant dégagé, les nuages avaient fait place à un ciel bleu uniforme. Mais c'est en Sofia que les premières perturbations se manifestèrent.

Dès qu'elle se leva, elle sentit que quelque chose avait changé en elle.

Oui, sa *sensibilité aux choses* n'était plus la même.

Sa perception du *temps* déjà. Elle qui jusqu'alors vivait dans un présent stable, une sorte d'immuabilité, se mit à penser avec angoisse à l'avenir. Et surtout au moment qui fatalement approchait : celui du départ de Sébastien.

Le passé aussi devint une source d'intranquillité. Qui était cette Pauline ? Qu'avait-elle vécu avec Sébastien ? L'aimait-il encore ? Autant de choses qu'elle brûlait de savoir tout en souhaitant les ignorer.

Sa perception de l'*espace* avait changé également. Elle se mit à rêver d'espaces infinis et vierges. D'une *terra incognita*, mais connue d'eux seuls, loin de la vie des autres.

*

En revanche, Sébastien, ce matin-là, était parfaitement serein, à l'image du ciel. Les nuages de l'indécision s'étaient dissipés. Il ressentait la sérénité de ceux qui sont sûrs d'avoir pris la bonne décision.

Durant ces dernières heures, un changement radical – un de plus – s'était opéré en lui. Comme en chimie, où un corps solide passe directement à l'état gazeux, son désir pour Sofia était devenu aérien ; il s'était *sublimé*.

Ce n'était pas qu'une question de degré, mais de nature, et cela changeait tout.

Désormais, il n'était plus suspendu à la solution qu'allait livrer Botul.

Quelle que soit l'issue de ses causeries – qu'il y ait du sexe ou pas –, il était décidé à rester.

Il voulait être avec Sofia.

Pour la première fois, il avait l'impression d'être l'*acteur de sa vie*.

Toutefois, il ne dit rien de sa décision à Botul, voulant plutôt préparer Sofia.

*

Toute la journée, elle attendit un geste de lui. Elle aurait voulu qu'il l'emmenât de nouveau en aérostat, mais que cette fois-ci le vent les emportât tous les deux.

Elle aurait voulu qu'il la prît dans ses bras.

Sébastien restait toujours aussi prévenant, rien de plus.

À un moment, pourtant, elle nourrit un espoir. Sébastien courait vers elle, triomphant :

– Sofia ! Sofia !

Le cœur de la jeune femme s'arrêta de battre.

– Le problème des sept ponts ! lui dit-il, essoufflé. J'ai trouvé !

Sofia cacha sa déception comme elle le put.

Elle n'écoutait plus les explications que lui donnait Sébastien, très volubile.

Il semblait fier d'avoir apporté une solution à un problème que le grand Kant lui-même n'avait pas réussi à résoudre. En fait, il était plutôt heureux : il voyait cela comme un gage pour sa prochaine citoyenneté.

*

Sur son balcon, cette nuit-là, Sofia, vêtue de tulle sous le clair de lune, prit une plume et du papier. Des larmes irisées de bleu coulaient sur ses joues.

Elle écrivait.

Gagnée par le sommeil, la lettre s'échappa de ses mains. C'était la même phrase répétée comme un mantra :

« *Oublier Sébastien. Oublier Oublier Sébastien. Oub…* »

Mais Sofia savait que cette tentative était vouée à l'échec.

Comment oublier Sébastien puisque désormais il était partout ? Dans les gouttes de pluie, le chant des oiseaux, le clapotis du lac, la forme des nuages, la musique du vent, le ciel étoilé, les rayons argentés de la lune, le parfum des fleurs… Partout.

Et il était aussi *en elle*, sur ses lèvres, dans sa peau, dans son sang, animant les pulsations de son cœur.

Ni avec lui. Ni sans lui.

Elle se sut maudite.

*

Lors de la Septième Causerie, Botul montra que la chasteté de Kant n'était pas négation du plaisir, mais un refus de la génération. Dans le coït, l'homme se rabaisse au niveau de l'animal ; non parce qu'il prend du plaisir, mais parce qu'il obéit à l'instinct de reproduction.

La philosophie est le moyen d'échapper à cette triste destinée. Si la plupart des philosophes ont opté pour le célibat, c'est pour témoigner que le but ultime de l'humanité n'est pas de se reproduire.

Pour autant, les philosophes ont une autre façon de se reproduire.

Ils ne pénètrent pas, ils se retirent. Ce retrait porte un nom : la mélancolie.

Le célibat de Kant ne menace pas la reproduction de l'espèce. Au contraire, la philosophie donne à l'humanité sa semence spirituelle. Le seul liquide fécondant, c'est l'encre, ce succédané de bile noire.

Cela dit, remarqua Botul, contrairement au *mouvement* marxiste ou à l'*académie* platonicienne, la philosophie de Kant n'a pas fait souche.

Et Botul termina sa causerie sur ce conseil : il est dangereux de vouloir vivre comme Kant.

*

Sur le chemin du retour, Sofia resta silencieuse. Sébastien fut plus d'une fois sur le point de lui annoncer sa décision mais, la voyant préoccupée, il ne trouva pas le moment propice.

La dernière phrase de la causerie ne cessait de résonner dans la tête de la jeune fille comme un refrain entêtant.

« Il est dangereux de vouloir vivre comme Kant. »

C'est ainsi que l'idée germa dans son esprit.

IX

*Un apocryphe – Docteur Immanuel et
Mister Kant : Huitième et Ultime Causerie –
Trou noir troublant – Delenda est
Nueva Königsberg – Rapatriement sanitaire –
Une confidence perdue de Botul*

Une nuit sans lune. Tout le monde dormait dans Nueva Königsberg. Sofia se dirigea vers le cœur de la ville en rasant les murs comme une ombre. Elle poussa la porte de la bibliothèque.

Elle alluma une bougie, s'empara d'une plume, trouva un vieux papier parcheminé.

Elle connaissait par cœur les pleins et les déliés gothiques, crochus même, de la calligraphie de Kant pour les avoir lus des milliers et des milliers de fois depuis l'enfance ; imiter cette écriture était devenue une seconde nature.

Elle prit son souffle et jeta les mots sur la feuille comme on se jette dans le vide.

Jamais lettre ne fut aussi incandescente. À mesure qu'elle avançait, le souffle venait à lui manquer. Elle tremblait ; ce qui conférait à ses lignes le même *vibrato* que l'écriture crépusculaire du Maître.

« Seul l'amour irraisonné est pur. Le rationnel n'est que folie. »

Voilà en substance ce que disait la lettre. Une manière de testament où Kant, sous la plume de Sofia, reniait tout – le criticisme, la philosophie transcendantale, les formes *a priori* de la sensibilité, les jugements synthétiques, les noumènes, les phénomènes, ses trois *Critiques*… –, absolument tout, pour l'amour de Marie-Charlotte.

À quoi bon avoir créé un système parfait s'il reste inhabité ?

À quoi bon se rendre digne du bonheur si l'on refuse le bonheur ?

À quoi bon avoir les mains pures si l'on n'a pas de mains ?

À quoi bon… À quoi bon…

Sans regret, Kant donnait tous ses chefs-d'œuvre contre une seule chose : une nuit d'amour avec Marie-Charlotte. Une nuit sans fin…

Sofia termina la lettre, pantelante.

Elle savait qu'elle allait commettre l'irréparable, mais rien ne la retint.

Elle glissa la lettre dans le casier.

D'une certaine manière, elle se sentit solidaire du geste d'Ève dans le jardin d'Éden.

*

Pauline,

Pardonne le ton véhément et vindicatif de ma lettre précédente. Je m'en veux de m'être laissé emporter ainsi.

Je devrais au contraire te remercier car, grâce à toi, j'ai trouvé ma voie. Jamais je n'ai ressenti pareille sérénité. Je me suis lourdement trompé dans mes premières lettres, ce ne sont pas des fous.

C'est l'inverse. Il y a quelque chose de touchant dans cette quête. C'est peut-être désespéré, mais qu'importe !

Ce que j'avais pris pour du vide, c'est de la pureté.

C'est nous à Paris qui sommes des fous. Obnubilés par la réussite, le scintillement, la vitesse.

Oh, je devine ton air ironique. Je parle comme un vieux sage ou comme un illuminé. Qu'importe !

Je ne sais pas encore ce que Botul va dire. J'ai pris ma décision. Je reste ici. Adieu, Paris. Finie l'Europe que je laisse à sa reconstruction.

C'est ici que je veux me reconstruire.

Demain, à l'issue de la dernière causerie – quel qu'en soit le verdict –, je vais annoncer à celle que j'aime que je reste.

J'ai hâte.
Je te souhaite d'être aussi heureuse que je le suis.
Adieu, donc.

Sébastien

PS : Pour les lettres, ne te soucie pas de les garder. Mais – comment te dire ? – sache que cela m'a fait plaisir de correspondre avec toi.

PPS : Oublie le PS précédent qui est totalement inutile évidemment, puisque je ne t'ai envoyé aucune lettre.

*

Au moment d'entamer la Huitième et Ultime Causerie, il y eut un silence. Tous savaient – et Botul le premier – qu'ici leur destin à tous se jouait.

Botul l'entama en se demandant si Kant n'était pas une bombe qui s'empêchait d'exploser. Comment expliquer sinon ce cérémonial pointilleux du coucher chez lui, comme s'il s'enfermait dans un cocon ?

Et si ce cocon recelait des histoires épouvantables ? Botul imagina un Docteur Immanuel et un Mister Kant : des promenades nocturnes au goût de nausée, le délire au fond du cœur et, autour, la nuit sombre sans étoiles, pleine de fantômes, de chouettes et de hiboux grimaçants. Et pourquoi pas un tour dans quelque maison de plaisirs tarifés, au fond d'une impasse ? À moins que l'homme dans le cocon n'ait préféré les garçons et les jardins publics ? Ou bien appréciait-il les morsures du fouet et les plaisirs de la tenaille ?

Et dans ce monde inversé où le Mal prend la place du Bien, les impératifs kantiens se transmuent :

« Tue de telle façon que ton meurtre puisse servir de modèle à l'humanité tout entière. »

Ou bien : « Assassine afin que ton meurtre puisse s'appliquer à l'humanité tout entière. »

Tout en réfutant l'idée selon laquelle le nazisme découlerait du kantisme, Botul souligna que toute morale qui vise à l'universel porte en elle un germe de perversion qu'il suffirait d'activer pour obtenir le génocide et l'extermination de masse.

Alors surtout se garder de briser le cocon !

L'auditoire fut groggy. Il semblait qu'il n'entendait plus ce que disait Botul. Pourtant celui-ci poursuivit pour rester sur une note moins épouvantable.

Il se mit à imaginer le retour de Marie-Charlotte. Oui, l'effrontée aurait pu revenir. Sans pour autant être une amante ou une épouse. Mais elle aurait pu animer son salon, elle aurait pu assouplir le philosophe, lui qui ne supportait pas la contradiction.

Elle aurait pu…

*

Le silence qui suivit cette ultime causerie fut aussi du Botul.

Un silence puissant, habité, vertigineux.

Un silence où l'ensemble des certitudes des membres de la communauté vacillèrent.

Eux qui attendaient un éclaircissement se retrouvèrent soudain face à leur vérité.

Une vérité à l'allure d'un trou noir.

Tous y furent engloutis, réduits soudain à l'épaisseur d'une hypothèse, êtres virtuels vivant en utopie.

Des êtres sans corps qui avaient perdu leur âme.

*

Mais déjà des clameurs venaient de la bibliothèque et enflaient à travers la ville.

On avait trouvé une lettre.

Kant, Marie-Charlotte !

Le contenu de la lettre se propagea comme un gaz toxique dans Nueva Königsberg.

Tout alors se passa très vite, dans un fracas d'apocalypse.

*

Sébastien courut à la recherche de Sofia ; elle n'était pas chez elle, ni à l'école où les enfants, livrés à eux-mêmes, se disputaient.

Le jeune homme détalait dans les rues affolées de Nueva Königsberg, il se dirigea vers les rives du lac, il emprunta le parcours de leurs différentes promenades.

En proie à une panique croissante, il s'arrêta pour réfléchir. Il craignait le pire dans cette ambiance de fin du monde.

C'est alors qu'il eut un pressentiment. Un frisson lui parcourut le dos.

La tour Löbenich ! Le point culminant de Nueva Königsberg.

Il y courut, montant quatre à quatre les escaliers en colimaçon, ignorant son vertige.

Arrivé au dernier étage, il s'arrêta net.

Elle était là, se tenant à l'extrême bord de la corniche.

Silencieuse, elle contemplait Nueva Königsberg en effervescence : vue imprenable sur l'étendue de son désastre.

De grands coups de boutoir faisaient trembler le sol. Les membres de la communauté s'activaient autour de la statue du grand Immanuel, qui tomba de toute sa hauteur dans un bruit assourdissant. L'horloge de la ville devint folle et se mit à carillonner frénétiquement. La façade de l'église s'effondra, dévoilant à tous ce qu'elle était vraiment. Un trompe-l'œil.

Sébastien parla doucement à Sofia pour ne pas l'effrayer.

Il avait quelque chose à lui dire. Sa décision était prise depuis plusieurs jours déjà, il avait voulu lui en faire la surprise.

– Je reste.

Sofia demeurait inerte.

Il lui dit qu'il voulait vivre avec elle, ici, à Nueva Königsberg, il continua de lui dire tout son amour, en s'approchant le plus lentement possible.

*

La tête lui tournait. Ce n'était pas le vide en dessous d'elle, ni le chaos qui s'était emparé de la ville, mais les mots de Sébastien qui l'enivraient. Des mots si doux et si cruels à la fois. Il l'aimait donc ! Et pourquoi ne le lui avait-il pas dit avant ? Et pourquoi n'avait-elle pas eu confiance en lui ?

Alors elle repensa à ce qu'elle avait expliqué à Sébastien au début de leur rencontre. À cette malédiction. Il n'y a sur cette terre aucune place pour le véritable amour ; le temps et l'espace séparent toujours les êtres qui s'aiment.

Leur amour, si puissant fût-il, était impossible, ici comme ailleurs.

Alors elle prit sa décision.

Elle lui assena :

– Je ne t'aime pas… Je ne t'ai jamais aimé…

Avant de s'évanouir.

*

Sébastien saisit Sofia dans ses bras avant qu'elle tombe dans le vide, et descendit les marches de la tour. Il sentait la poitrine de la jeune femme battre contre la sienne ; son souffle chaud caressait sa nuque, il s'enivrait de son odeur.

Arrivé au pied de la tour, il la déposa dans l'herbe.

Elle reprit ses esprits, esquissant un pâle sourire.

– Si tu m'aimes vraiment, pars…

C'est alors que s'échappa de sa main une feuille où elle avait inscrit des centaines de fois : « Oublier Sébastien ».

Il lut une détresse infinie sur son visage.

Il voulut parler mais, entre-temps, les gens de la communauté s'étaient massés silencieusement et faisaient cercle autour de lui.

Ils l'observaient, la prunelle vide, c'était comme dans ses pires cauchemars.

Sofia se leva doucement. Il chercha à se raccrocher à son regard mais il semblait qu'elle ne le voyait même plus.

La terre se déroba sous les pieds du jeune homme.

*

Botul récupéra Sébastien *in extremis* et fit cingler les fouets sur les croupes fumantes des chevaux. La carriole fendit la foule inerte.

Il eut l'impression de quitter Sodome ou Gomorrhe. Surtout ne pas se retourner, de peur de se transformer en statue de sel !

Une fois qu'il eut passé les grilles, il pensa que le monde était décidément une drôle d'aventure : quelque temps auparavant, ils s'étaient installés dans un Vermeer ; là, ils s'échappaient d'un Hieronymus Bosch.

Les mouvements chaotiques de la carriole réveillèrent Sébastien, mais son cauchemar continuait.

*

Le steamer sifflait le départ. Les hommes d'équipage s'apprêtaient à retirer la passerelle lorsque deux hommes déguisés en gentilshommes du siècle des Lumières, descendant d'une carriole en furie, grimpèrent juste à temps tandis qu'on larguait les amarres.

*

Botul, une fois qu'il eut repris son souffle et alors qu'il regardait la côte s'éloigner, accoudé à la rambarde, livra cette phrase sublime, empruntée à Kant mais revisitée à sa façon :

– Oui, Nueva Königsberg était parfaite. Tout comme cette fameuse maison imaginée par Swift : construite de façon si admirablement conforme aux lois de l'équilibre que lorsqu'un petit oiseau sorti du nid – en l'occurrence le « pioupiou » – vint s'y poser, tout s'écroula.

*

Sébastien ne réussissait pas à lâcher la côte du regard. Lorsque celle-ci ne fut qu'un point invisible fondu dans la ligne d'horizon, il répéta inlassablement : « *Nous aurons toujours Nueva Königsberg* » pour tenter vainement de conjurer la tristesse infinie qui le submergeait.

*

Sébastien se réfugia dans les bras de Botul. C'était la première fois qu'il s'épanchait auprès d'un homme ; il ne l'avait jamais fait avec son père, pour la simple raison qu'il ne l'avait jamais connu.

Le philosophe, gêné aux entournures par cette effusion, ne savait comment réagir alors que Sébastien pleurait dans son giron. Il se contenta de lui administrer quelques petites tapes dans le dos pour le consoler.

Puis son visage sembla s'ouvrir, prêt pour une fois à se livrer aux prémices d'une confidence.

– Hum… Moi aussi, un jour…

Lui parla-t-il de Marie Bonaparte ? De Lou Andréas-Salomé ? Ou alors évoqua-t-il son aventure torride avec une certaine Lucette Marot, née Pinjon, sublime étudiante croisée quelque vingt-cinq ans auparavant ? Tiens, tiens, vingt-cinq ans, l'âge qu'allait avoir Sébastien…

Nous n'en saurons davantage car les paroles du philosophe se perdirent dans la clameur montante de l'océan et le piaillement braillard des alcyons.

Épilogue

Temps figé – Effacement palindromique de Botul – Sofia on my mind – Fantômes & mirages – Promenade quotidienne – Nueva Königsberg for ever

De retour en Europe, Sébastien ne revit plus Pauline.

Il ne fut plus zazou.

Il ne devint pas un grand réalisateur.

Mais il continua de fréquenter les plateaux de cinéma, travaillant comme régisseur ou comme assistant aux décors, uniquement pour les productions en costumes du XVIIIe siècle.

Cela lui donna l'occasion de quitter Paris, de voyager, de courir le monde, d'être en perpétuel mouvement. Mais par-dessus tout, cela lui permit d'*arrêter le temps*. De Prague à Cinecittà, de Bratislava à Boston, de Versailles à Baden-Baden, de Vaux-le-Vicomte à Vienne, de Budapest à Trieste, de Cracovie à Venise, de Coblence à Marienbad, de Saint-Pétersbourg à Fontainebleau, pour Sébastien le temps se figea dans un délicieux arrêt sur image des années 1770.

Il devint une figure estimée des tournages. Tout le monde appréciait le professionnalisme et l'efficacité tranquille, tout autant que la délicatesse et l'équanimité de ce régisseur solitaire et lunaire, qui ne rechignait jamais à venir grossir le rang des figurants ou à prêter main forte aux équipes de gardiennage en dormant sur les lieux de tournage.

Au fil des productions, on lui découvrit d'autres marottes : il se baladait toujours un livre en poche, dont quelqu'un s'aperçut qu'il était en allemand ; à la cantine, il se confectionnait une drôle de tambouille, procédant à d'improbables mélanges d'aliments ; et, *last but not least*, qu'il pleuve, qu'il vente, qu'il neige, il effectuait à trois heures pétantes une promenade silencieuse et solitaire – qu'il avait réussi à imposer dans ses contrats pour raison de santé. D'ailleurs, ses équipes finirent par se régler sur ce rituel métronomique.

*

De Nueva Königsberg, Sébastien n'eut plus aucune nouvelle. Pas le moindre écho.

En 1947, quelques mois seulement après leur retour précipité du Paraguay, Botul s'éteignit à l'endroit même où il avait vu le jour, à Lairière, dans une boucle spatio-temporelle parfaite, clôturant une vie au service de la pensée. Cette vie remarquable resta longtemps cantonnée dans un angle mort de la mémoire oublieuse des hommes.

Heureusement, après quelques décennies d'incubation, grâce à l'action conjuguée du hasard et de quelques Justes, le botulisme sortit de l'inique oubli auquel le sort – et la jalousie des médiocres – l'avait condamné.

*

Sébastien se rendit à l'enterrement qui se déroula *dans la plus stricte intimité*. Les deux ou trois autochtones présents furent saisis de spasmes en le voyant arriver. Leurs dentiers claquèrent à l'unisson : le fantôme de Botul jeune revenait d'entre les morts !

– JB ! J'ai rien fait, j'te jure ! hurla l'un d'eux, secoué, au bord du *collapsus*.

– Moi non plus ! éructa un autre, jurant, mais un peu tard, qu'il arrêtait l'absinthe.

*

Et le sexe dans tout ça ? Pour Sébastien il fut partout, et nulle part.

Au départ, il croisa beaucoup de femmes qui l'attirèrent, car elles possédaient toutes quelque chose de Sofia. Mais, dès qu'il s'approchait d'elles, son image s'évaporait sans qu'il pût la retenir.

Peu à peu, il cessa tout commerce avec les femmes, car chacune ravivait la douleur de l'absence de Sofia ; il se retrouvait toujours seul face à un mirage.

*

Plus le temps passait et plus il arrivait à Sébastien de penser que c'était Nueva Königsberg qui avait peut-être été un mirage.

Il se remémorait souvent le *couteau sans manche qui a perdu sa lame*. Et si Nueva Königsberg, c'était ça ? Une pure image mentale ?

Il était bien placé pour le savoir : pour nous, humains, les choses n'ont pas d'existence *en dehors* de notre conscience.

Mais, pour autant, n'existent-elles *que* dans notre conscience ?

En d'autres termes, Sébastien avait-il rêvé tout cela ? Comment le savoir avec certitude ?

C'était des moments d'oscillation et de vertige insoutenables.

Toutefois, il continua d'y croire, contre vents et marées, comme s'il était lié à un serment.

Toute sa vie, il voulut se rendre digne de Sofia. Il tâcha de se tenir *dans les limites de la raison* à chaque instant et à produire de l'*universel* dans le moindre de ses actes.

Mais le monde n'est pas fait comme cela. *Il est dangereux de vivre comme Kant*, n'est-ce pas ce qu'avait dit son maître ?

Cette conduite vouée à la raison fut jugée déraisonnable. On le pria de se mettre au repos dans une propriété sise entre quatre hauts murs, une institution nommée *Le Nid de coucou,* où, fort heureusement, il put effectuer sans souci sa promenade quotidienne dans le parc.

*

Un jour, pourtant, sa persévérance fut récompensée.

Cela se produisit lors d'une ultime promenade dans le parc. Il sentit le sol se dérober. Avant même que les infirmiers n'arrivent pour lui retirer sa camisole, les cages du temps et de l'espace s'étaient ouvertes et, libre comme l'air, Sébastien se laissa porter par un vapeur à travers l'océan, le cœur léger, sans mal de mer.

À son arrivée au petit port fluvial de Quantanamella, on l'attendait. La calèche portée par deux fougueux pégases le déposa devant les grilles grandes ouvertes.

Là, tout était resté en l'état, parfaitement ordonné comme la première fois.

Enfin, il respirait !

Il prit le temps de se changer, se dirigea tranquillement vers l'école où les enfants lui firent fête. Ils lui dirent qu'elle n'était pas là. Il passa chez elle ; sa famille et le chien Otto lui souhaitèrent la bienvenue. Elle n'y était pas non plus.

Ses pas le guidèrent alors vers le lac. Sur le chemin, tous le saluèrent comme avant. Les maisons à colombages, les petits jardinets, la tour de Löbenich, les ponts, la façade de l'église, le roulis mélodieux du lac, le chant des oiseaux : rien n'avait bougé, tout était à sa juste place, comme avant.

Pourtant quelque chose, qu'il ne perçut pas immédiatement, s'était modifié depuis son départ. C'était ténu, impalpable, juste une vibration particulière dans l'air, un parfum printanier peut-être.

Puis ce fut évident. De-ci, de-là, des couples se tenaient la main, gambadaient, riaient, s'enlaçaient, s'embrassaient. Hommes, femmes, enfants semblaient enfin croire à leur bonheur.

Même la statue de Kant s'était métamorphosée.

Une vague de plaisir submergea Sébastien ; il hâta le pas.

Mais à mesure qu'il croisait les couples qui s'étreignaient, une angoisse le gagna. Et si Sofia… ?

*

Il l'aperçut sur la rive du lac, là où ils avaient l'habitude de se retrouver. Elle se tenait derrière un arbre.

Sébastien avança, fébrile. Assise au pied du chêne, elle était occupée à écrire dans un cahier.

Seule !

Sébastien s'approcha du plus lentement qu'il put. Il ne sut si c'était par peur de l'effaroucher ou pour lui ménager une surprise. Mais avant qu'il n'arrivât à sa hauteur, elle s'était retournée. Elle avait senti sa présence dans son dos.

Pâle, d'une pâleur sublime que rehaussaient ses deux mouches exquises, elle se leva, lâcha son cahier qui chut dans l'herbe. Sur ses pages, un seul prénom, répété à l'infini.

Sébastien n'y prêta pas attention, il avait compris à son regard qu'elle l'avait attendu depuis toujours.

Les deux amants s'enlacèrent et échangèrent un baiser qui défia la loi du temps.

Pourquoi se presser ? Ils disposaient désormais de l'éternité pour se dire leur amour et, enfin, pour le faire.

Remerciements

À Frédéric Pagès et aux *Amis de Jean-Baptiste Botul* qui ont porté à la connaissance du public l'existence de Nueva Königsberg, et qui œuvrent avec persévérance à la reconnaissance du philosophe.

À Georg Christoph Lichtenberg pour le *couteau sans manche qui a perdu sa lame.*

À Thomas De Quincey pour *la tour de Löbenich* et *le valet Lampe.*

À Massimo Piatelli Palmarini pour le *charme discret de la raison pure.*

À la *Confrérie de la Petite Cloche,* communauté informelle au charme et à la gentillesse infinis. Les encouragements chaleureux de chacun de ses membres ont porté l'auteur durant la rédaction de cet ouvrage.

À Sigur Rós qui a composé la « *Bande-Son-En-Soi* » de ce roman.

Friedrich Bouginski appears courtesy of Stéphane Jarno, Sébastien Marot & Paul Vacca (© Arcueil - Concours ENS - Mai 1981)

Table

Extrait du catalogue
Littérature française

Nathalie Bauer
Le feu, la vie

Malcolm de Chazal
Comment devenir un génie ?

Christian Chaix
Souviens-toi de la rivière

Laurence Cinq-Fraix
Family pride

Boubacar Boris Diop
Kaveena

Carol Geoffroy
J'ai demandé aux étoiles de venir me chercher

Anne-Sophie Jacouty
Du côté où se lève le soleil

Louise L. Lambrichs
Nous ne verrons jamais Vukovar

Diane de Margerie
Noces d'encre

Franck Maubert
Le père de mon père

Annick Perez
You're beautiful

Gisèle Pineau
Mes quatre femmes

Raharimanana
Za

Houda Rouane
Pieds-blancs

Didier Séraffin
Un enfant volé

Macha Séry
Les cendres du soupçon

Paul Vacca
La petite cloche au son grêle

Extrait du catalogue
Littérature étrangère

Peter Ackroyd

Le complot de Dominus
Roman, traduit de l'anglais par Bernard Turle.

Chaucer
Roman, traduit de l'anglais par Bernard Turle.

William et Cie
Roman, traduit de l'anglais par Bernard Turle.

Shakespeare, la biographie
Traduit de l'anglais par Bernard Turle.

La chute de Troie
Roman, traduit de l'anglais par Bernard Turle.

Giovanni Arpino

Parfum de femme
Roman, traduit de l'italien par Nathalie Bauer.

Pat Barker

Sourde angoisse
Roman, traduit de l'anglais par Marie-Odile Fortier-Masek.

David Czuchlewski

Anna et la lumière
Roman, traduit de l'anglais (États-Unis) par Bernard Turle.

Mylène Dressler

Le témoin du mensonge
Roman, traduit de l'anglais (États-Unis) par Bernard Turle.

Petits ouragans en famille
Roman, traduit de l'anglais (États-Unis) par Bernard Turle.

L'arbre à méduses
Roman, traduit de l'anglais (États-Unis) par Bernard Turle.

Helen Garner

La chambre d'amie
Roman, traduit de l'anglais (Australie) par Bernard Turle

Sophie Gee

Le scandale de la saison
Roman, traduit de l'anglaispar Bernard Turle

Anosh Irani

Le chant de la cité sans tristesse
Roman, traduit de l'anglais (Inde) par Florence Colombani.

Michelle de Kretser

L'affaire Hamilton
Roman, traduit de l'anglais par Françoise Adelstain.

La mangeuse de roses
Roman, traduit de l'anglais par Françoise Adelstain.

Rebecca Lee

La ville est une marée montante
Roman, traduit de l'anglais (États-Unis) par Florence Colombani.

Christine Leunens

Le ciel en cage
Roman, traduit de l'anglais (États-Unis) par Bernard Turle.

Jeffrey Moore

Les artistes de la mémoire
Roman, traduit de l'anglais (Canada) par Hélène Rioux.

Taslima Nasreen

Vent en rafales
Récit, traduit du bengali par Philippe Daron.

Rumeurs de haine
Récit, traduit du bengali par Philippe Benoît.

De ma prison
Traduit de l'anglais par Pascale Haas.

Joyce Carol Oates

Délicieuses pourritures
Roman, traduit de l'anglais (États-Unis) par Claude Seban.

La foi d'un écrivain
Essai, traduit de l'anglais (États-Unis) par Claude Seban.

Les Chutes (prix Femina étranger 2005)
Roman, traduit de l'anglais (États-Unis) par Claude Seban.

Viol, une histoire d'amour
Roman, traduit de l'anglais (États-Unis) par Claude Seban.

Vous ne me connaissez pas
Nouvelles, traduites de l'anglais (États-Unis) par Claude Seban.

Mère disparue
Roman, traduit de l'anglais (États-Unis) par Claude Seban.

Les femelles
Nouvelles, traduites de l'anglais (États-Unis) par Claude Seban.

La fille du fossoyeur
Roman, traduit de l'anglais (États-Unis) par Claude Seban.

Journal 1973-1982
Traduit de l'anglais (États-Unis) par Claude Seban.

Carolyn Parkhurst

Le silence de Lorelei
Roman, traduit de l'anglais (États-Unis) par Bernard Turle.

Un million de dollars, et après ?
Roman, traduit de l'anglais (États-Unis) par Françoise Adelstain.

Anita Rau Badami

Memsahib
Roman, traduit de l'anglais (Inde) par Françoise Adelstain.

Entends-tu l'oiseau de nuit ?
Roman, traduit de l'anglais (Inde) par Françoise Adelstain.

Giacomo Sartori

Anatomie de la bataille
Roman, traduit de l'italien par Nathalie Bauer.

Sacrificio
Roman, traduit de l'italien par Nathalie Bauer.

Andreï Tarkovsi

Récits de jeunesse
Traduit du russe par Cécile Giroldi.

Rupert Thomson

Mort d'une tueuse
Roman, traduit de l'anglais par Bernard Turle.

Cet ouvrage a été achevé d'imprimer
en avril 2009 dans les ateliers de
Normandie Roto Impression s.a.s.
61250 Lonrai

N° d'imprimeur : 091396
Dépôt légal : mai 2009
ISBN : 978-2-84876-140-4
Imprimé en France